KB097217

책장의 위로

시린 마음에 스며드는 다정한 책에 대한 이야기

책장의 위로

"읽다 보면 혼자가
아닌 날들이 많았다."

조안나 지음

모든 것이 책이었다

어떤 말로 시작해야 할까…. 이토록 고민했던 적이 있을까 싶게 나는 빈 페이지를 앞에 두고 이 책 저 책 뒤지며 몇 시간째 멍하니 있다. 2년이라는 시간 동안 머나먼 타국에서 온전히 '한 남자 그리고 나와의 대화'만을 나누다 잠시 돌아온 고향 한국에서, 나온 지 7년이 된 나의 첫 책을 다시 쓰려 한다. '쓰고 있다, 쓰려 한다, 쓰고 있다'라는 말조차 수없이 고치고 있다.

사실, 이 책은 다시 쓰일 수 없는 책이다. 한 작가의 첫 책은 글에 대한 아쉬움도 크지만 부족함 그 자체만으로 완벽하기 때문이다. 그러나 시간이 많이 흘러 내가 지금 이 나이가 되어보니 사회초년생이었던 그때의 나에게 해주고 싶은 말이 생긴 것 같다. 이 책을 사랑해주었던 독자들도 나이를 먹고, 나도 나이를 먹었으니 서로 기대하는 것도 달라졌을 것이다. 전보다 물질적으로 풍요로워졌지만 마음은 빈약해졌을지도 모르니 새로운 처방전이 필요하다.

아마도 책 내용을 그대로 인용했던 부분을 많이 지우게 될 것이다. 책에서 읽은 것에서 내가 경험하고 배우고 지웠던 것으로 덧칠을 하게 될 것이다. 누군가는 한 아이의 엄마가 되어 있지만, 나는 한 고양이의 집사가 되어 있다. 누군가는 아직도 직장에 다니고 있지만, 나는 이제 출근할 곳도 없고 특별히 서둘러야 할 일도 내가 스스로 정하는 프리랜서로 살아가고 있다. 잠시 정신없이 바쁜 한국에 머물다 다시 미국으로 돌아가 고양이와 마드, 학교, 공원, 남편이 전부인 한없이 지루한 세상에 잠기게 될 것이다. 얼굴에 잡티를 가리느라 거울 앞에서 한참을 보내던 나는 이제 로션 하나만 대충 바른 민낯을 바라보는 게 좋아졌다. 옷의 디자인보다 옷감의 재질을 더 중요하게 생각한다. 무겁게 들고 다니던 종이책 대신 전자책을 주로 읽는다. 길고 수식어가 많던 문장 대신 간결하고 감정을 덜어낸 짧은 문장으로 글을 채우려고 노력한다.

많은 것이 변했지만, 한 가지 변하지 않은 건 책을 여전히 아주 많이, 한없이, 마구잡이로, 밤낮을 가리지 않고 읽는다는 점이다. 나에게 모든 것은 책이고, 책이 곧 나인 삶을 살고 있다. 내 전자책 전용책장인 아이패드도 가장 큰 용량으로 마음 편하게 책을 가득 다운받을 수 있게 준비되어 있다. 아는 이 하나 없는 곳에서 글자가 적힌 조용한 책 말고

까탈스러운 내 곁에 오래 머무는 이가 어디 있겠는가. 무엇 하나 억지로 하고 싶지 않기에 나는 책에게 더 오래 기댄다. 그리고 늘 생각한다. 책이 없었으면 정말 나는 아주 많이 외로웠을 것이라고. 감정의 무게추가 아주 많이 흔들려서 정신을 못 차렸을 것이라고. 지독한 길치지만 책으로 유지하는 평정심으로 이제까지 이 길 저 길 잘도 걸어왔다고 말이다. 좋아하는 책들로 가득 찬 책장이 내게 주었던 위로는 월급통장의 허무함보다 길었다.

'밤엔 누구나 시인이 된다'라는 작가의 말로 시작했던 《달빛책방》이라는 책 제목은 일본드라마 〈심야식당〉에서 착안해서 지은 것이다. 첫 책을 내고 두 권의 독서에세이를 더 썼다. 다시는 독서에세이를 쓰지 않겠다고 다짐했지만, 보통의 인생을 가꾸고 평범한 일상을 특별하게 다듬어주었던 책 이야기를 정리하기 위해 '잠 못 드는 밤을 위한 처방전'을 꺼내 들었다. 새 책이 나오면 반드시 읽는 엘리자베스 스트라우트의 소설 《내 이름은 루시 바턴》에 이런 말이 나온다.

"자기가 하게 되는 이야기는 오직 하나일 거예요. (…) 하나의 이야기를 여러 방식으로 쓰게 될 거예요. 이야기는 걱정할 게 없어요. 그건 오로지 하나니까요."

오직 하나일 것이다. 전에 쓴 것도 책에 관한 책이고, 앞으로 쓰게 될 책도 결국 책에 관한 이야기일 것이다. 걱정할 것은 아무것도 없다. 모든 것은 책이었고, 또 책일 것이기에.

2018년 겨울
낯선 서울에서
조안나

밤엔 누구나 시인이 된다

모두가 집에 가기 위해 바쁘게 움직이는 퇴근길. 집에 가봤자 별 볼 일 없거나 오히려 피곤한 일들만 기다리고 있어도 본능적으로 귀가를 서두를 수밖에 없는 시간. 하루의 피곤을 말없이 풀어놓을 수 있는 심야식당이 있다면 얼마나 좋을까. 시끌벅적한 술집이 아니라 따뜻한 밥과 간단한 반찬으로 허기를 때울 수 있는 그런 곳을 찾아 헤매다 결국 책과 침대가 있는 내 방만한 곳이 없단 생각이 들었다.

　밤 12시부터 아침 7시까지, 외롭고 배고픈 사람들이 쉬어가는 심야식당이 등장하는 일본드라마를 보고 난 뒤, 누구나 혼자가 되는 새벽에 책을 읽다 잠드는 사람들을 위한 '달빛책방'을 네이버 블로그에 열기로 마음먹었다. 메뉴는 소설과 시, 그리고 에세이. 나머지는 마음대로 주문하면 대신 읽어주는 게 영업 방침이다. 오랜 단골손님과 새로 방문해주는 이웃들 모두 '밤마다 기다린다'는 가슴 설레는 말로 달빛책방을 응원해주었다. 나를 통해 책 읽기에 흥미를 붙이고, 내 블로그를 거쳐 사서司書가 되거나 편집자가 되었다는 사람들을 위한 '밤의 독서'는 한동안 계속되었다.

　나를 스쳐 간 많은 책들 중 단 37권만을 달빛책방에 엮었다. 각기 다른 감정을 품고 귀가하는 사람들에게 때론 위로를 주고, 때론 약이 되는 고독을 느끼게 하는 책을 처방해주고 싶었다. 실연을 당했을 때에도, 술에 취했을 때에도, 감정이 메말랐을 때에도, 이유 없이 밖에서 방황하고 싶은 날에도 책은 기꺼이 나의 애인, 베개, 종교, 구두가 되어준다.

　개인적으로 닳도록 읽어서 아무 페이지나 열고 읽어도 마음이 편안해지는 책들, 밤에 가볍게 읽고 잘 수 있는 책들을 기준으로 고르다 보니 편애하는 무라카미 하루키의 책은 두 권이나 들어가기도 했다. 익숙해서 친구 같은 그의 책은 커피처럼 끊을 수가 없다.

　출판사에서 일하며 책을 기획하고 편집하기 전부터 나는 책에 둘러싸여 친구도 잘 안 만나는 못 말리는 책벌레였고, 술자리에까지 책을 핸드백처럼 들고 다니는 기행도 저지르는 간서치看書癡였다. 책을 통해 배운 그림을 직접 보고 싶어서 미술관에서 전시 스태프로 일한 적도 있고, 소설에서 읽은 백화점 직원의 생활이 흥미로워 보여서 백화점에서 판매사원 아르바이트를 하기도 했다. 나보다 두세 살은 어린 아이들이 선배라고 도끼눈을 뜨고 스테이크의 '레어'와 '미디엄'의 차이, 파스타와 사이드메뉴 종류를 일장 연설하는 패밀리 레스토랑 탈의실에서도 라캉의 정신분석학 책을 읽었다. 헤겔을 읽던 신경숙의 《외딴방》 속 '미서'처럼 무슨 뜻인지도 모르는 철학서를 열심히 읽고 또 읽었다. 오랜 시간이 지난 후 나는 알게 되었다. 그녀가 왜 그토록 그 책을 붙들고 있었는지. "이 책을 읽고 있을 때만 내가 너희들하고 다른 것 같아"라고 고백했던 소설 속 주인공처럼 나는 내 동기들과 다른 사람이 되고 싶었다.

그럼, 이렇게 무식하게 읽은 책 때문에 나는 '썩 괜찮은' 인간이 되었을까. 천만에. 도서관에서 기거하던 그때보다 창작에 대한 열기는 한없이 식어서 손으로 일기를 쓰거나 밤새서 소설을 쓰는 일은 거의 없고, 불의를 보면 전보다 잘 참으며, 기분이 안 좋아도 웃음으로 전화 응대를 하고 업무 미팅을 다닐 정도로 가식이 많이 늘었다. 모두 열심히 일하다 보면 들어오는 월급 덕분이다.

이제 대하소설 한 질은 너끈히 장만할 수 있는 돈으로 구두를 지르고, 세계문학전집 100권은 살 수 있는 통장잔고를 가방 하나에 쏟아붓기도 한다. 결정적으로 '잘 팔리는 책'을 만들기 위해 베스트셀러를 챙겨 읽는다. 이렇게 정신 없이 남과 별다르지 않게 '직업적인' 낮을 보내고, 무방비한 상태로 밤을 맞이한다.

늦은 밤. 베란다 너머 불빛이 하나둘 사위어가고 케이블 TV에서는 지역광고가 나올 무렵…. 하루 종일 활자와 싸우다 와서 책 표지도 쳐다보기 싫은 날, 의미 없이 4시간이 넘게 인터넷 쇼핑에 빠져 누워 있다 보면 졸음이 밀려온다. 이런 돈 낭비, 시간 낭비를 멈출 수 있는 것도 역시 독서뿐이다. "우리는 우리가 먹는 음식이다. 그러나 또한 우리는 우리가 읽는 것이기도 하다"라는 작가 마거릿 애트우드Margaret Atwood의 말처럼 나는 '책'으로 이루어진 인간이기 때문에 읽지 않으면 제대로 살고 있다는 자각이 들지 않는다. 자신의 잘못을 시인하며 애교를 부리며 파고드는 애인처럼 책장으로 달려간다.

밤마다 책을 읽어야 하는 이유는 수없이 많다. 잡무 때문에 직장에서 비전을 찾을 수 없다면, 주중에 각종 회의와 야근에 시달려 주말에는 무엇인가를 할 힘조차 남아 있지 않다면, 늘 풀리지 않는 고민 때문에 불면증에 시달린다면, 책장 옆에 있는 소파에 누워서 책을 읽다가 서서히 잠드는 밤을 상상해보자. 커피 내리는 소리처럼 편안한 책 넘기는 소리에 스르르 잠들 수만 있다면 우리의 인생도 '썩 괜찮은' 인생이라고 할 수 있지 않을까. 이성이 잠자고 감성이 깨어나는 밤에는 누구나 시인이 되고, 낮에는 무심코 지나쳤던 문장들 속에서 당신은 더 많이 자신을 발견하게 될 것이다.

언제든 나를 좋은 곳으로 데려가줄 것 같은 내 분신들이 이제 활자화되어 세상에 신고식을 치른다고 생각하니 벌써부터 밤을 하얗게 지새울 것만 같다. 그래도 잘 잠들기 위해서는 책만한 것도 없으니 오늘 밤도 '북나잇.'

03   잊고 싶은 기억은 꼭 밤에 떠오른다

04   읽다 보면 혼자가 아닌 날이 많다

05 피곤한 날에도 읽다 잠든다

06 마음속에 나만의 도서관을 만든다

01

사랑은 떠나도
책은 남는다

지금 만나고 있는 사람이
나를 외롭게 할 때

BOOK
늦어도 11월에는
— 한스 에리히 노사크

심야의 BGM
Inside And Out
— Feist

몇 년째 반복되는 애인과의 말다툼, 끝날 줄 모르는 상사의 잔소리와 가족의 수다스러움이 유독 참기 힘든 날이 있다. 이런 날엔 아침, 점심, 저녁, 세 끼를 챙겨 먹는 것조차 거추장스럽고 짜증이 난다. 이렇게 만사가 귀찮은 날에는 통속적이면서 시시하지 않은, 사랑만으로는 생활이 불가능하다는 것을 새삼 느끼게 해주는 소설《늦어도 11월에는》을 읽는다. 처음 만난 남자가 내뱉은 미친 소리 한마디에 남편과 자식까지 버리고 나간 한 여자의 이야기를 탐독하다 보면 서서히 일상을 껴안게 된다.

　　그녀의 첫사랑은 아이가 둘 딸린 유부남이었고 지금의 남편은 부자지만 모든 일에 무관심하다. 그러다 어느 날 갑자기 찾아온 '운명' 같은 사랑…. "'당신과 함께하면 이대로 죽을 수도 있을 것 같습니다'라고

19

그가 말했고, 아니, 내가 한 말 같았다"와 같은 설정…. 그러나 이런 정형화된 소재만을 보고 이 소설을 판단해서는 안 된다.

플로베르의 《마담 보바리》보다 우아한 불륜 이야기가 《늦어도 11월에는》에서 펼쳐진다. 신기하게도 읽을 때마다 새로운 책이다. 몇 번을 다시 읽어도 마치 처음 읽는 것처럼 생경하다. 그렇기 때문에 이 소설은 빌려서 급하게 읽으면 그 맛을 제대로 느낄 수 없다. 지금 만나고 있는 사람이 나를 더 외롭게 하거나 특별하다 믿었던 내 사랑이 평범해지는 것 같아 슬픔 밤, 머리맡에 두고 비스듬히 누워 읽으면 내 사랑을 객관적으로 바라볼 수 있게 된다.

여자 주인공(마리안네)의 1인칭 시점으로 쓰여져 여성의 심리 묘사가 뛰어나지만, 나는 남자 주인공(베르톨트)에게 마음이 더 간다. 글을 쓰는 일을 하는 베르톨트는 주변에 사람이 많지만, 다른 사람들과 함께 있는 것을 좋아하지 않는다. 또 말끝마다 마리안네, 즉 '나'를 품위 있는 여자라고 치켜세운다. 자유롭게 보였던 그의 삶은 지나치게 섬세하여 고인 물처럼 아무 일도 일어나지 않는다. 또 그는 '나'보다 일곱 살이나 많지만, 생각은 굉장히 젊다.(미국 드라마 〈섹스 앤 더 시티〉의 시즌 6에서 주인공 캐리의 마지막 남자친구 알렉산더와 비슷한 유형의 예술가이다.) '나'는 예술가들이 창작을 하기 위해서는 사업가보다 비인간적일 정도로 냉정해진다는 것을 알지 못했다. 여기서 그녀의 불행이 시작된다. 늘 오전에 규칙적으로 일하는 그의 눈치를 보며 마리안네는 숨죽인다. "베르톨트를 신경 쓰이게 해서는 안 된다"고 되뇐다. 글쓰기는 그를 완전히 다른 사람으로 만들어놓았다. 일은 그를 완전히 집어삼켜버린다.

삶이 언제까지나 안전하기만을 바란다면, 이런 소설은 읽어도 남는 것이 없다. 하지만 한 번쯤 무모한 사랑의 도피를 꿈꾸는 이들에게는 '인생극장' 한 편보다 확실한 통속의 스릴을 맛보게 해줄 것이다.

모든 것을 가진 것처럼 보이는 남편 막스와 언제까지나 보헤미안처럼 살 것 같은 베르톨트 중 누가 더 겁쟁이일까? 끈질기고 냉정한 사업가로 감성을 우습게 아는 남자와 지나치게 예민한 성격에 자신의 작품을 '쓰레기'라고 할 정도로 자기학대가 심한 남자, 이 둘 사이에 한 여자가 서 있다.

1950년대에 나온 연애소설이라고 하기엔 너무나 세련된 시대 감각이 엿보이는 이 소설을 읽는 내내, 간질간질한 느낌을 받았다. 그 간질거림은, 부정否定에 부정을 거듭하는 주인공의 독백 때문이기도 하지만 욕망뿐인 보바리 부인과는 다른, '품위 있는 여자'의 부정不貞에 동조하고 싶은 마음에서 온 것 같다.

아직 내가 도달하지 않은 많은 함정이 삶에 남아 있음을, 이 소설을 읽으며 체감한다. 우리는 이토록 불행해 하면서 왜 이렇게 끊임없이 행복에 대해 이야기할까. 행복이 무엇인지 아는 사람은 아무도 없기 때문이 아닐까.

"지금 만나고 있는 사람이 나를 더 외롭게 하거나 특별하다 믿었던 내 사랑이 평범해지는 것 같아 슬픈 밤, 머리맡에 두고 비스듬히 누워 읽으면 내 사랑을 객관적으로 바라볼 수 있게 된다."

나는 연인을 혼자 두어야 한다는 강박관념을 갖고 있다. 서로의 공간을 존중해주어야 사랑이 오래간다고 믿는 나만의 연애 법칙. 세상에서 제일 쿨한 척 매달리지 않았으면서, 내가 힘들 때 연인이 곁에 있어주지 않으면 그를 죽도록 원망한다. '나를 혼자 내버려두다니, 이럴 바엔 사랑을 끝내버리겠다'며 이별 선언을 하기까지 한다. 누가 누구를 사랑한다는 것은 '우리는 행복을 꿈꾸고 그것을 알고 있지만 가질 수는 없네. 그것이 바로 우리의 불행 …'이라는 책 속 시 구절처럼 언제나 불행을 감수해야 실현 가능한 것이다.

건조한 생활에 물기를 주기 위해서 당신은 그의 폭스바겐에 오를 것인가? 읽을 때마다 나는 망설인다. 결국 선택은 자신이 하는 것, 다만 간섭 없는 사랑만큼 슬픈 것도 없다는 것만 잊지 말자.

🔖 사랑의 권태기를 이기기 위해선 …

➟ "사랑이 실패하는 대부분의 이유는 자신보다는 배우자를 탓하고 그를 변화시킴으로써 행복해질 수 있으리라는 착각 때문이다." 윌리엄 글라써의 말을 명심하자.

➟ 연인끼리 의무보다는 행복을 많이 이야기하자.

➟ 가끔은 그/그녀 아닌 다른 사람을 꿈꾸며 자신을 가꾸자.

➟ 서로의 사생활을 지켜주고 각자의 공간을 인정해주자.

➟ 열심히 싸우자. 싸운다는 것은 그래도 아직 서로에 대한 애정이 남아 있다는 증거다.

실연의 상처를 달래고 싶을 때

BOOK
낙하하는 저녁
— 에쿠니 가오리

심야의 BGM
The Blower's Daughter
— Damien Rice

첫사랑이 이루어지지 않았을 때, 부당하다고 생각했다. 그토록 간절하고 손 하나에 가득 차서 생생히 느껴지던 내 사랑이 끝나버리다니. 그리고 그땐 그 사람 이외에 다른 사람에겐 영영 관심조차 가질 수 없을 거라 생각했다.

집에 가려는 그 아일 붙들고 "더 이상 네 여자친구가 아닌 거야? 진짜야?"라고 구차하게 묻고 또 물었다. 그 후에도 연락도 없이 무작정 집 앞에서 기다리기, 술 먹고 새벽에 전화하기, 책상에서 잠들었을 때 몰래 쳐다보기, 쪽지나 메일 보내기, 보이지 않는데 목소리가 들려올 땐 귀 막기 등등 '이별 후 해서는 안 되는 23가지 행동들'을 모조리 다하고도 나는 지칠 줄 몰랐다.

이별의 모든 것을 생생하게 기억하고 있지만 이제 그것들이 나를 다치게 하지는 않는다. 이제와 생각해보면, 오히려 사랑은 단 하나라고 생각했던 내 생각이 부당한 것이었는지도 모른다.

샤워 코롱, 꽃, 비, 홍차 냄새가 읽는 내내 떠나지 않는 에쿠니 가오리의 소설 《낙하하는 저녁》은 한 여자(리카)가 장장 15개월을 두고 천천히 실연하는 이야기를 담고 있다. 사흘 전에 만난 하나코 때문에 리카와 8년이나 함께한 시간을 뒤로 하고 남자친구(다케오)는 집을 나가버린다.

에쿠니 가오리는 세상에 흔하디 흔한 남녀가 헤어지는 이야기를 주로 다루는데 그녀의 소설은 출간될 때마다 베스트셀러가 된다. 그녀의 신간을 읽은 지는 오래되었지만 여전히 주말 오후, 아무 생각 없이 카페에 앉아 있거나 조용히 비가 내리는 밤이면 그녀의 지나간 책을 찾아 읽게 된다.

첫사랑이 끝난 후 처음 읽은 책은 무라카미 하루키의 《상실의 시대》였지만 두 번째 남자친구를 군대에 보내고 난 뒤 읽은 책은 에쿠니 가오리의 《낙하하는 저녁》이다. 그땐 헤어졌지만, 헤어졌다고 생각하지 않았다. 언젠가 다시 만날 것 같았다. 구름처럼 바람처럼 공기처럼 자연스러운 이별이었기 때문이다. 헤어진 다음 날 아침 딱 한 번 베개가 다 젖을 정도로 울었을 뿐, 그 후 2년간의 내 생활은 이별 전보다 단조롭고 감정의 큰 기복 없이 평화롭기까지 했다. 이 소설의 주인공, 리카의 생활도 이와 비슷하다. 그녀는 울부짖지도 않았고 술도 마시지 않았다. 몸무게도 그대로 유지했고 친구에게 전화를 걸어 수다를 떨지도 않았다. 평소와 다른 행동을 한 가지라도 해버리면 헤어짐이 현실로 정착해버릴까 봐 두려웠던 것이다.

리카는 일도 빈틈없이 했다. 오히려 남자친구와 나눠 내던 방세를 혼자 감당해야 했기 때문에 주말에도 일을 했다. 나도 학교 수업을 전보다 철저히 들으며 한 달에 스무 권씩 책을 읽고 일주일에 삼 일은 저녁마다 독일식 호프집에서 아르바이트를 했다. 나와 다른 것이 있다면 리카가 전 남자친구와 사랑에 빠진 여자(하나코)와 동거하게 된다는 사실이다. 그녀는 그와 함께 있을 수 있다면, 그가 하나코를 보기 위해 자주 집에 왔으므로, 그까짓 동거쯤은 오히려 '건전한 방법'이라 생각한다.

이렇게 에쿠니 가오리 소설 속 여자들의 일상은 잔잔한 듯 보이지만, 내면은 광폭하고 잔인한 면이 많다. 소설 밖의 나는 무슨 상황에서라도, 내 남자를 빼앗아간 여자와는 말도 섞고 싶지 않을 것이다. 나를 만지던 손으로 그녀를 만지고, 아무렇지 않게 그녀를 바라보고 웃는 그의 모습을 (한 공간에서) 어찌 볼 수 있단 말인가.

하지만 이 소설의 묘미는 역시나 천천히, 시간을 두고, 세상의 모든 것이었던 한 남자를 떠나보내는 여자의 '일상'에 있다. 청소를 하고, 빨래를 하고, 오차즈케를 먹으면서 책을 읽고, 낮잠을 자고…, 그러다 저녁이 되는 그런 하루의 풍경. 평소처럼 기분 전환 겸 미용실에 가서 머리를 감고, 리드미컬하게 노래도 부른다.

물론 '한 남자와 인생을 공유할 때의, 흔해 빠진 일상에서 길어 올리는 행복, 믿지 못할 기적 같은 순간의 축적'은 하나씩 지워가야 한다. 손발이 꽁꽁 어는 겨울, 만나자마자 맞잡은 손이라든지 헤어지기 직전에 나누는 키스, 잠들기 바로 직전에 나누는 대화, 일요일 대낮의 섹스, 권태로운 낮잠과 늦은 저녁, 풀 냄새가 나는 여름, 슬리퍼를 질질 끌고 산책한 후 나눠 먹는 비빔면, 소매끝이 닳은 익숙한 그의 점퍼와 파란색 캔버스 운동화. 모든 물건과 장소가 그대로 있고 오버랩 되지만 '그 사람'만 쏙 빠진 일상을 견뎌내야 한다. 하지만 무심한 여자, "하나코는 모른다. 바란다고 얻을 수 있는 것이 아니니까."

헤어진 후, 꿈에서 그를 자주 보았다. 목소리, 몸짓 모두 그의 것이었지만 항상 '얼굴'은 정확히 보이지 않았다. 꿈속에서 우리는 연인인 듯했지만 눈을 뜨면 다시 현실이었다. 불행 중 다행인 것은 눈에서 멀어지면 마음에서도 멀어진다는 것이었다. 보이지 않으면 그리움도 점점 사라진다. 큰 원이었던 것이 작은 점으로 변해간다. 그러다 그 점마저 먼지처럼 날아간다. 어느 순간, 그의 생각을 하지 않고 보내는 날들이 많아진다. 이제 그와 나 사이에는 서로의 혼이 만나거나 하루의 안녕을 궁금해하는 일이 다시는 벌어지지 않을 것이다. 그가 다른 여자와 발가벗고 뒹굴어도 눈 하나 깜짝하지 않을 것 같다. 오히려 그가 나의 삶에 끼어든다면 안절부절못할 것이다.

《낙하하는 저녁》에는 미련 없이 전화를 끊고, 그 어떤 기대감 없이도 인사를 나눌 수 있는, 그런 담백한 이별이 내리고 있다. 그런 이별을 꿈꾼다면, 보약을 달이는 심정으로 정성스럽게 이 소설을 읽어보는 건 어떨까. 그리고 지독한 이별을 겪은 후엔 평소 좋아하던 일을 극단적으로 정성을 기울여 해보자. 그 정성에 놀라운 치유의 힘이 숨어 있다.

오늘도 어제처럼 저녁이 낙하하고 있다. 조용히 아무도 특별히 눈치채지 못하게 ….

📓 이별 후 미련한 행동을 방지하고 싶다면…

➡ 남자는 남자로, 여자는 여자로 잊는 것이다. 다른 사람에게 눈을 돌려보자.

➡ 이별 노래만 죽어라 듣거나 가요 대신 팝송만 죽기 살기로 듣는다.

➡ 시간을 쪼개서 여러 가지 일에 집중해본다. 혼자 있는 시간을 줄이고 무슨 일이든 몸을 움직여서 해보자.

➡ 술을 자제한다. 술만 마시면 꼭 휴대폰이 문제가 된다.

➡ 돌아올 사람은 반드시 돌아온다. 그전까지 가장 나다운 모습으로 지낸다.

➡ "자기의 삶에 대한 사랑을… 큰 사랑을 가질 필요가 있다. 왜냐하면 우리를 짓누르는, 이유 없는 절망들에 대하여 그것이 하나의 알리바이가 되어주기 때문이다."
알베르 카뮈도 말했다.

"이 소설의 묘미는 역시나 천천히,
시간을 두고, 세상의 모든 것이었던
한 남자를 떠나보내는 여자의 '일상'에 있다."

새로 내게 올 그를 기다리는 날

BOOK
전망 좋은 방
— E.M. 포스터

심야의 BGM
Frozen
— Silje Nergaard

오늘 읽고 잘 책은 E.M. 포스터의 《전망 좋은 방》이다. 눈물이나 질질
짜는 과거의 실연 따위는 잊고, 무조건 밝고 유머러스한 소설을 읽고 싶
은 날이다. "순간에 지나지 않은 긍정일지라도 긍정은 긍정"이라고 무조
건 믿고 싶다.

지금 글을 쓰고 있는 이곳도 전망이 아주 좋은 곳이다. 집에서 멀
리 떠나와 이 글을 쓰고 있는 나에게 이 전망 좋은 방을 내준 사람이 소
설 《전망 좋은 방》의 에머슨 부자가 아닌 바로 나 자신이라는 점만 빼면
이 소설을 읽기에 완벽한 조건을 갖추고 있다.

사실 이 책은 여러 번 읽기를 포기했던 책이다. 깊은 밤, 친절한 20
세기 신사가 풀어놓는 신여성의 사랑 이야기는 이국적인 이탈리아를 배경으로 조금 산만하게 시작되고 제2부에서야 클라이맥스에 다다르기 때문에 소설을 끝까지 읽는 데는 약간의 인내심이 필요하다. 도서관에서 대출해서 60페이지까지만 읽고 반납한 적도 여러 번 있었다. 그러나 감각적인 표지와 가벼운 제본, 세련된 수식어들이 이 책을 소장하게 만들었다. 마침내 완독한 후 이 소설과 사랑에 빠졌다. 스토리라인을 알고 읽어야 더 재미있는 소설이기도 하다. 자, 뜨거운 레몬차와 영국식 쿠키를 준비하고 책을 펼쳐보자.

촘촘한 인물 묘사와 함께 모든 상황을 설명하거나 대화로 풀고 있기 때문에 '수다스럽다'고 생각할 수 있는 작품이다. 가끔씩 작가가 작품 속에서 자신의 목소리를 드러내어 아주 친절하게 스토리를 정리하기도 한다. 가령 "이 책을 읽는 독자들은 '루시가 조지 에머슨을 사랑한다'는 걸 분명히 알 수 있을 것이다. 하지만 루시의 입장에 선다면 그게 그렇게 분명하게 보이는 것은 아니다" 식으로.

마음속에 뜨거운 열정을 품고 있는 여자 주인공 루시와 영국인 특유의 염세주의를 보여주는 남자 주인공 조지의 사랑은 제인 오스틴의 대표작 《오만과 편견》에서 그려지는 리즈와 다아시의 사랑과 닮아 있다. 그리고 둘 사이에 고고한 책, 그림, 음악만을 상대할 줄 아는 루시의 약혼자 세실(가장 우스운 인물)이 등장하여, 고전적인 삼각관계를 이룬다.

이 책을 비롯해 《하워즈 엔드》, 《인도로 가는 길》 등 포스터의 소설 대부분이 영화화되었다. 그만큼 이야기 자체가 재미있다는 뜻이기도

한데, 그렇다고 해서 그 재미가 작품성과 반비례한다고 생각하면 오산이다. 멜로드라마를 통해 깊은 통찰력을 보여주는 작가답게 인생과 사랑의 단면을 자세히 해부한다. 또한 섬세한 여성 심리 묘사가 압권인데 작가가 동성애자였다는 점이 도움을 준 것 같다.

한편, 말랑말랑해 보이는 사랑관계 속에서 영국 내 계급 문제를 꼬집는 칼을 숨기고 있다. 책의 제목이기도 한 '전망'이 의미하는 것 역시 단순하지 않다. 작가는 소설 속에서 이를 명쾌하게 해석해놓았다.

> "완전한 전망은 하나뿐이래요. 우리 머리 위로 올려다 보이는 하늘의 전망 말이에요. 땅 위에서 보는 전망들은 다 그걸 어설프게 흉내 낸 거래요. (…) 전망은 군중이다. 나무와 집들과 언덕의 군중이다. 이것들은 사람의 군중이 그렇듯이 서로 닮게 된다. 군중은 언제나 그 속의 사람들을 합친 것보다 더 큰 존재가 되죠."

이상과 현실, 인습과 자유 사이에서 방황하는 동시에 성장하는 루시의 모습을 바라보는 것만으로 뿌듯했다. 그동안 읽어왔던 책 리스트에서 드러나는 나의 독서 취향은 그리 상냥하지도 로맨틱하지도 않다. 하지만 이 책에서 "나는 당신이 내 품에 안겨서도 당신 자신의 생각을 하기를 원합니다"라고 고백하는 조지의 대사에 이르러서는 거의 순정

"그동안 내 인생이 버거웠던 이유는
이런 로맨스를 거부했기 때문이 아닐까."

만화 속 '별빛 눈망울'로 책을 읽고 있는 나를 발견하게 되었다. 고지식하기만 하던 루시가 신경이 날카로운 남자를 만나 답답한 예의 범절을 벗어던질 때 내가 느꼈던 쾌감은 남달랐다. 그동안 내 인생이 버거웠던 이유는 이런 로맨스를 거부했기 때문이 아닐까.

관능적이지도 극적이지도 않아서 가끔씩 페이지와 페이지 사이에서 길을 잃게 되는 《전망 좋은 방》에서 그를 기다린다. 그가 오면 그 방을 내어줄 것이다. 군중같이 압도적인 전망이 아닌 제비꽃이 만발하여 우발적인 키스도 가능하게 하는 농담과 지성을 제공하고 싶다.

🗒 작은 충고 하나

➡ 언제나 드는 생각이지만 소설은 때와 장소를 잘 만나야 '제대로' 읽어 내려갈 수 있습니다. 마음이 바쁜 날엔, 이 소설을 읽지 마세요. 그럼 집어치우게 될지도 몰라요. 깊은 밤, 아무도 당신을 찾지 않을 무렵이 좋아요. 좋은 밤 되세요.

있는 그대로의 나를 사랑하는 법

BOOK
먹고 기도하고 사랑하라
— 엘리자베스 길버트

심야의 BGM
So Simple
— Stacie Orrico

우리는 힘들 때마다 '기도를 드린다'는 말을 자주 한다. 무신론자인 나
도 세상이 날 버렸다고 생각할 때마다 신을 찾고, 기도를 하고, 눈물을
흘리곤 했다. 심지어 화장실에 가야 하는데 보이지 않을 때도 간절히 찾
는다. 신이시여, 왜 제게 이런 시련을 주시나요. 필요할 때만 찾는다는
죄책감을 떨쳐버릴 수 없었기에 '완벽한 기도'는 이루어지지 않았는지
도 모르지만….

　　지푸라기라도 잡는 심정으로 신의 음성을 듣고 싶은 날, 나는《먹
고 기도하고 사랑하라》를 꺼내 읽는다. 2010년에 줄리아 로버츠 주연의
동명 영화가 개봉되어 잠깐 '화제의 책'이 되기도 했던 이 에세이는 시작
부터 재기발랄한 저자의 글발에 빨려 들어갈 수밖에 없다.

'기도'라는 단어가 들어가면 종교서일 것이라고 생각하기 쉽지만 책의 저자가 기도를 올리는 신은 기독교에서 강조하는 유일신이 아니라 '나의 영혼을 울리는 존재'를 의미한다. 신은 높게 혹은 멀리 존재하는 게 아니다. '신은 내 모습 그대로 내 안에 존재한다'는 것을 깨닫게 해주는 영감으로 가득한 책이다. 우주의 한 부분으로서 이 우주에서 벌어지는 일에 참여하고, 자기 진술을 해보라고 부추기는 책이기도 하다.

이탈리아, 인도, 인도네시아로 이어지는 저자의 자기 성찰 여행이 조금 정신없이 펼쳐진다. (편집자의 관점에서 차례를 정리하고 싶을 정도로 잘게 쪼개져 있다.) 먹고, 기도하고, 사랑하는 행위를 통해서 조금씩 인생의 위기를 극복해가는 한 여성의 성장기는 한 번만 읽기엔 아깝다. 저자가 여행지에서 마주치는 사람들은 저마다의 인생철학을 가르쳐주는 멘토가 되므로 읽을 때마다 작은 슬픔이나 큰 상처가 치유되는 놀라운 힘을 발휘한다. 무엇보다 사랑을 하면서 나를 잃어가는 것이 아니라 '진정한 나를 찾게 되는 과정'이 신비롭기까지 하다.

겉으로 완벽해 보이는 뉴요커 리즈(엘리자베스)에겐 힘든 이혼 후에도 맹세, 약속, 저녁식사를 함께할 수 있는 애인이 있었다. 어느 날 리즈는 뉴욕을 상징하는 '야망'과 자신의 인생보다 큰 존재였던 '남자'를 버리고 여행을 떠났다. 알파벳 'I(나)'로 시작하는 Italy(이탈리아), India(인도), Indonesia(인도네시아)로. 자기 탐색의 여행을 암시라도 하듯이 세 나라는 그녀에게 현재present를 선물해준다. 지나간 과거에 집착하지 않고 '바로 지금, 여기'를 살아가는 것보다 정직한 자기 탐색의 시간은 없을 것이다.

세상을 머리가 아닌 마음으로 보는 법은 생각보다 간단하다. 인도네시아 9대 주술사의 말처럼 지상에 발을 꼭 붙이고 있으면 된다. 마치 다리가 두 개가 아닌 네 개 달린 짐승처럼 말이다. 하지만 힘들게 보낸 최근 몇 년간 나는 책마저 마음이 아닌 머리로 보려고 했다. 서점에 가서는 새로 나온 책의 흠을 잡기 바빴고, 당장 내게 필요한 책들만 돈을 주고 사서 뒤적이다 구석에 처박아두기 일쑤였다. 나의 기준에 어긋나고 이해할 수 없는 행동을 하는 사람들에겐 말조차 걸지 않았다. 매사 관조하기보다 언제나 탐사하고 참견하기만 했다.

나는 나를 완벽하게 통제하고 싶었다. 이런 마음이 커질수록 '우울은 왼쪽에서, 외로움은 오른쪽에서 다가와 내 양옆에 바짝 붙어 섰다.' 그러고는 나에게 다그쳐 물었다.

"왜 오늘도 넌 이렇게 혼자 책이나 읽고 있는 거니?"

이제 누군가와 친구가 되고 싶어도 마음처럼 몸이 따라주지 않을 땐 리즈처럼 행동하면 될 것 같다. 많이 친하지 않은 이에게 불쑥 전화를 걸어 나를 저녁식사에 초대해달라고 할 수 있을 만큼 얼굴이 두껍지는 않지만 적어도 먼저 벽을 만들지 않으면 된다.

낯을 많이 가리지만 늘 웃는 얼굴로 먼저 인사하는 것부터 시작해보자(고 다짐한다). 산책을 자주 하고 낯선 곳에서도 늘 하던 대로 종이

"이봐, 어디 마음대로들 해봐. 난 여전히 로마니까."

위에서 나 자신과 대화를 나누는 행위를 계속하기로 했다. 그리고 즐거움을 누리는 일은 숙제나 대규모의 과학 박람회 프로젝트처럼 억지로라도 챙기고 싶다. 그동안 너무 열심히 일만 하고 살았다. 다른 도시와 경쟁하지 않는 로마처럼 무덤덤하게 다른 이들의 경주를 감상하며 살고 싶다.

늦은 밤이라 밖에 나갈 수 없으니, 이렇게 나 대신 세계 곳곳을 여행한 이들의 목소리를 듣는 걸로 만족해본다. 신이 당신의 눈앞에서 문을 "쾅" 하고 닫을 때는 반드시 걸스카우트 쿠키 상자(우리나라로 치면 종합과자 선물세트)를 열어줄 준비를 하고 있다. 한때 절망에 빠졌던 그녀는 진보다 훨씬 행복하고 가벼워진 '자아'를 만나고 다시 일상 속으로 돌아온다. '사랑에 빠져 가끔씩 균형을 잃는 게 균형 잡힌 인생의 과정'이라는 진리도 온몸으로 배우고 말이다.

땅에 굳게 디딘 네 개의 발, 잎사귀로 가득 찬 머리, 마음을 통해 세상을 바라보고 '악마'인 동시에 '신'인 나를 사랑하고, 간까지 웃는 방법이 궁금하다면 이 책《먹고 기도하고 사랑하라》를 읽어보는 건 어떨까. 여행지가 아닌, 당신이 발을 내딛고 있는 바로 그곳에서.

📓 내 안의 신을 만나는 법

➺ 현재에 머물기 위해서 하나의 초점에만 전념해본다. 눈으로 빛의 한 점을 바라본다든가, 호흡으로 배가 부풀었다 꺼지는 것을 관찰해본다.

➺ 마음에게서 억지로 생각을 뺏으려 하지 말고, 마음에 더 좋은 놀이거리를 준다. 더 건강한 뭔가를!

➺ 신을 찾아라. 머리에 불이 붙은 사람이 물을 찾듯 간절히 자신만의 신을 찾아라.

➺ 신앙은 확신 없는 근면함이다. 일찍 일어나서 신에게 기도하고, 좋은 이웃이 되고, 자신과 타인을 존중하고, 욕망을 다스린다. 매일 아침마다 내가 진정으로 무엇을 원하는지 탐색할 시간을 가져보자.

옛 애인이 사무치게 그리울 때

BOOK

쉬잇, 나의 세컨드는
— 김경미

심야의 BGM

니가 없는 나의 하루는
— 여행스케치

오랜만에 나를 아프게 스쳐 간 이의 근황을 들었다. 혼자 집으로 돌아가는 길에 '죽도록' 집에 들어가기 싫어졌다. 따뜻한 밥과 그보다 더 따뜻한 배를 가진 엄마가 기다리고 있었지만 들어가자마자 노트북과 이어폰을 챙겨 들고 다시 나왔다. 마음 약한 나를 꾸짖는 시집 한 권과 함께 오늘 밤은 밖에서 방황하기로 마음먹었다. '삶이 본처인 양 목 졸라도 결코 목숨 놓지 말 것 / 일상더러 자고 가라고 애원하지 말 것'이라고 충고하는 시집이 절실해진다.

옆 자리의 여자 넷은 저마다 파우치를 꺼내 얼굴의 기름을 닦아내고, 긴 머리를 묶었다 풀었다 가만두지 못하고, "언제 이 지긋지긋한 학부생활이 끝난다니" 하며 한숨을 쉰다. 앞 테이블의 연인은 각자의 스마

트폰을 들고 게임에 열중하고 있다. 여기는 이렇게 모두 한 곳에 있지만 모두 다른 곳에 존재하는 듯한 번화가의 커피숍이다. 대도시의 익명성이 주는 편안함이 나를 조금 누그러뜨리는 것 같다.

이어폰에선 비틀스의 음악이 흘러나오고, 오늘은 철저히 슬픈 얼굴을 하고 있기로 작정했다. 남자친구들이 말한다. 어릴 땐 '사연 많아 보이는 얼굴'의 여자가 좋았는데, 나이를 먹을수록 '밝은 얼굴'의 여자가 좋아졌다고. 자신의 시시껄렁한 농담에도 크게 웃어줄 수 있는 여자가 필요하다고. 생각 많고 심각한 '나이 많은' 여자는 피곤하다는 것이다. 그래서 불량소녀 같은 내 영혼을 서른에 가까워질수록 더 자주 숨기게 된다.

"아, 안나 씨는 늘 밝게 인사해서 좋아요."

"하하, 감사해요(흐흐흐. 슬플수록 더 크게 웃지요)."

이런 나의 페르소나를 이해해주는 시집, 김경미의 《쉬잇, 나의 세컨드는》은 나의 분신 같은 책이다. 슬플 때 즐겨 읽는 '절망의 결정체'이기도 하다. 모든 시가 내 마음과 같다고 해야 할까. 개정판이 아닌 초판을 애써 구하고는 너무 좋아 서점 앞에서 바보처럼 헤헤거렸던 기억이 난다. 표지의 스크래치도 멋스러워 보였다. 오늘처럼 마음껏 슬퍼해도 되는 일요일 저녁에는 애인보다 편안하다. '거짓 미소'를 짓지 않아도 되기 때문이다.

늘 세컨드이고 싶은 시인처럼 나도 '좌절하는 것들'이 좋다. 그리고 항상 최악의 경우를 생각한다. 내친 김에 옛 애인에 대한 그리움도 끄집어내볼까. 내가 먼저 전화를 걸어 잘 지냈냐고 성격 좋은 척 안부를 묻고 싶어진다.

일 년, 이 년, 삼 년이 지나서야 잊혔던 사람의 풍경 속엔 이제 내가 없다. 내 풍경 속에 그 사람이 점으로 남아 있는 것처럼…. 옛 사람의 기억은 '찻물 속 설탕처럼 녹아 없어지는데' 첫사랑의 냄새는 세월이 갈수록 진해지는 것 같다.

지금보다 생의 무게(고민)가 무거워서 영화 한 편, 밥 한 끼조차 제대로 보지도 먹지도 못했지만 아무것도 하지 않고 바라만 보아도 좋던 사랑이었다. 마주칠까 봐 혹은 마주치지 못할까 봐 두려운, 어디든 있고 어디에도 없는 신神적 존재가 이제는 사라졌다. 하지만 결국 내가 그리워하고 있는 건 그가 아닌 그 시절의 나라는 사실을 발견하게 된다. 누구든 자기 자신만큼 치명적인 존재는 없다는 듯이 말이다.

왜 그 사랑이 끝났는지를 생각해보면 하나일 때보다 둘일 때 느끼는 쓸쓸함을 견디지 못했기 때문인 것 같다. '라일락 꽃잎 같은 쓸쓸함들에 좀 더 성실'해지고 싶은데 애인들은 항상 즐겁기만을 바란다. 일요일 없는 노동만큼 지독한 것이 '싸움 없는 사랑'이라는 걸 그땐 왜 몰랐을까. 이런 흔한 후회가 들도록 만드는 시집을 읽고 마음껏 자책하고 있다. 이런 상처와 슬픔을 자주 만나도 괜찮다고 위로해주는 책이다.

몇 안 되는 옛 애인들아, 본처가 아득바득 모든 생을 내놓으라고

"오늘처럼 마음껏 슬퍼해도 되는
일요일 저녁에는 애인보다 편안하다.
'거짓 미소'를 짓지 않아도 되기 때문이다."

해도 언제나 독방만은 사수해라. '언제나 생은 세컨드. 배신 없는 사랑, 그 영광의 퍼스트레이디는 죽음인 것'을 잊지 말자.

🖎 그 남자/여자에게 무작정 전화하고 싶은 밤에는 무얼 해야 하나

➼ 단숨에 씻어 내놓은 한 접시의 딸기나 한 모금의 캔 맥주, 혹은 책 속 몇몇 구절들을 꼭꼭 섭취한다.

➼ 휴대폰의 전원을 사정없이 끈다.

➼ 손톱이나 발톱을 정성스럽게 깎고 다듬는다.

➼ MP3 플레이어의 볼륨을 높이고 국산이 아닌 외국 메탈을 듣는다. 아, 아무 생각없이 브리트니 스피어스의 히트곡 모음이나 케이티 페리 신곡을 듣는 것도 나쁘지 않다.

➼ 조금 정신이 나간(?) 정든 친구들을 만나러 간다. 대신 장소는 아주 편한 복장으로 만날 수 있는 동네로 정하는 게 좋겠다. 이런 날에 너무 멋을 부리면 더 비참하다.

사랑을 사랑으로 정의하고 싶을 때

BOOK

사랑의 단상
— 롤랑 바르트

심야의 BGM

I'm Not Yours
— Angus & Juila Stone

갈수록 그와 저녁에 헤어지는 일이 힘겨워진다. 나는 항상 바쁘고 '약속 있는 여자'였는데 점점 친구들과 놀거나 혼자 책을 읽으며 보내는 시간 보다 그와 함께 있는 시간이 좋아진다. 한 번의 사랑이 가져오는 일상의 큰 붕괴가 싫어서 언제나 한 발짝 물러서서 사랑하고 싶었는데, 사랑은 역시 의지대로 되는 것이 아닌가 보다. 그래도 끝까지 그에게 (미지의) 외간 여자로 머물고 싶은 밤, 언어의 연금술사 롤랑 바르트를 침착하게 집어든다.

사랑과 연인에 관한 담론의 결정판,《사랑의 단상》만큼 사랑에 감 성적으로 흔들리는 나를 이성적으로 다잡아주는 책도 없다. 질투도 마 음껏 못하는 나의 마음을 롤랑 바르트는 언어로 멋지게 포장해준다. 가령 이런 식으로. "질투하는 사람으로서의 나는 네 번 괴로워하는 셈이다. 질투하기 때문에 괴로워하며, 질투한다는 사실에 대해 자신을 비난하기 때문에 괴로워하며, 통속적인 것의 노예가 된 자신에 대해 괴로워한다. 나는 자신이 배타적인, 공격적인, 미치광이 같은, 상투적인 사람이라는 데 대해 괴로워하는 것이다."

남자친구의 친구나 일, 심지어 그의 곁에 늘 붙어 있는 강아지마저 질투할 지경이니 지적이지만 가식적인 자기정당화가 때론 강력한 자기 위안이 된다. "모든 현대 이론은 바르트로 통한다"는 말이 있을 정도로 바르트의 이론은 활용도가 높다. 그래서 수많은 작가들이 롤랑 바르트의 문장을 인용하고, 해체하고, 재창조한다. 나 또한 문청 文靑 시절, 모든 문학 작품이 그 언어 안에서 구조화될 수 있다는 '메타 언어 비평'과 〈저자의 죽음 The Death of the Author(1967)〉* 등, 그가 만들어낸 텍스트 속에서 헤매다 보면 어느새 밖은 낮에서 밤으로 넘어가 있었다. 깔끔하게 정리되어 있는 구조의 힘. 바로 그것이 내가 언어의 구조에서, 롤랑 바르트의 문장에서 원하는 것이었다. 구조 속에 피어나는 '이해하고 싶다' 혹은 '이해 받고 싶다'는 간절한 욕망이 수많은 바르트 추종자를 만들어냈는지도 모른다.

특히 이 책, 《사랑의 단상》은 가난한 학생이었던 당시로서는 비싼 가격이라 선뜻 사지 못하고 도서관에서 여러 번 대출하거나 강의실 가는 길에 들러서 읽기를 반복했던 책이다. 실제 애인은 어디서 무얼 하는

---

[*] 바르트의 논문. 작품의 의미를 저자의 전기에서 찾는 당시의 비평 풍토에 반대해, 저자와 글쓰기는 따로 독립적으로 받아들여야 한다고 주장했다.

지 알지도 못한 채 바르트라는 글쓰기 애인을 옆에 두고 자주 끼적였다.

파편적인 문장과 단어로 사유하는 책의 구성상 아무 페이지나 열고 읽으면 된다. 혹은 마음에 드는 표현을 차례에서 찾아서 읽고 어설프게나마 그를 따라 자신만의 '사랑의 백과사전'을 작성하는 것도 좋다.

책에 등장하는 '상상계'니 '기호 및 구조'니 '반사 작용'이니 하는 전문용어는 무시해도 좋다. 다만, 괴테의 《젊은 베르테르의 슬픔》과 같은 고전적인 사랑의 텍스트를 자유자재로 늘렸다 줄였다 하는 그의 글쓰기는 그냥 읽는 것만으로는 이해할 수 없을 때가 많다. 여러 번 때와 장소를 바꿔 읽거나 필사를 하고 나서야 그 무늬가 보인다. 그 사람이 나 없이 아파할 때 '그의 고통이 내 밖에서 이루어지는 한, 그것은 나를 취소하는 거나 다름없다'와 같은 문장에 밑줄 치며 냉정하게 내 사랑을 정의하다 보면 잡히지 않는 사랑도 잡을 수 있을 것만 같았다.

어릴 때부터 생각이 많고, 마음먹은 대로 되지 않는 것들을 언어로 표현하고 싶었던 나는 사랑을 하면서도 자주 그 이유를 찾고 정의하고 싶어 했다. 정의할수록 외로워지는 것 같아서 이유 없이 사랑하고, 세상에서 가장 느리고 진하게 사랑하고 싶었지만 항상 실패했다. 나의 사랑은 너무나 많은 물음표와 느낌표를 반복했고 혼자 끓어올라 (걸지도 않고) 응답없는 전화를 상상하며 괴로워했다. 그때마다 주문을 걸었다.

"조금만 떨어져 있자. 거리감을 쌓는 훈련을 하자."

이 책은 그 헛된 주문과 가장 닮아 있다. "그 사람을 내 언어로 문

"'그 사람을 내 말 속에 둘둘 말아 어루만지며, 애무'하는 기쁨이 점점 커진다."

지른다"는 개념은 언제나 나를 매혹시킨다. "그 사람을 내 말 속에 둘둘 말아 어루만지며, 애무"하는 기쁨이 점점 커진다.

받아 적고, 타이핑하다 지쳐 산 이 두꺼운 책을 추천하는 것은 바르트를 통해 나도 변변치 못하지만 '사랑의 담론'의 대가로 거듭났기 때문이다. 담배에 불을 붙이고 있는 흑백사진이 인상적인 프랑스 기호학자가 내 삶에 이렇게 깊숙이 들어오게 된 결정적인 계기는 사랑의 '이해할 수 없음'을 언어로 가두어놓고 나를 안심시켰기 때문이다. 그리고 구조화된 그의 '사랑의 단상'들은 더 이상 사랑이 단절된 메커니즘이 아님을 보여준다.

사랑이 핑크빛으로만 보일 때는 그 어떤 말도 필요가 없다. 내게 완전한 연애란 아마도 글을 쓸 필요가 없는 상태일 것이다. 바르트는 "충족된 연인은 글을 쓸 필요도, 전달하거나 재생할 필요도 없다"고 말한다. 하지만 그가 나를 사랑하는 것보다 내가 그를 사랑하는 마음이 큰 것 같아서 비참한 날엔 그에게 전화하는 대신 수도승마냥 컴컴한 새벽에 일어나 일기를 쓰게 된다. 그리고 인내심 있게《사랑의 단상》이나 에리히 프롬의《사랑의 기술》같은 책을 읽으며 홀로 어둠 속에 머문다. 부드러운 은둔을 통해 내 사랑의 열기도 조금 식었으면 좋겠다.

📓 롤랑 바르트에게 배우는 성공적인 커플의 구조
➥ 약간의 금지와 많은 유희, 욕망을 가르쳐 주고 그 다음에는 내버려둔다. 마치 길은 가르쳐 주지만 같이 따라 나서겠다고 고집 부리지 않는 저 친절한 원주민들처럼.

02

좋아서 하는 일도
힘들 때가 있다

책 읽기 싫은 날 읽는 책

BOOK

그리스인 조르바
— 니코스 카잔차키스

심야의 BGM

While My Guitar Gently Weeps
— The Beatles

남들과 술 마시고 노는 것보다 혼자서 책 읽는 걸 즐기게 된 다음부터, 의도하지 않게 모든 모임에서 제외(?)되어 설움이 북받쳐 오를 때가 있다. 누군가 "이 책벌레야. 책이나 읽어!" 하고 놀리는 것만 같다. 이런 감정은 오늘같이 책 읽기 싫은 날에 더욱 심해진다. 허나, 껌은 껌으로 떼고 사랑은 사랑으로 잊어야 하듯, 책이 싫으면 또 책으로 푸는 게 책벌레의 숙명 아니던가!

쪼르르 책장 앞으로 간다.

책을 읽으면서 책을 잊을 수 있는 책이 어디 없을까. 그렇지! 대학 시절 가장 자유로운 영혼의 소유자였던 불문과 교수님과 간서치들이 모두 '내 인생 최고의 책'으로 꼽은 카잔차키스의 《그리스인 조르바》가

보인다.

세상에서 가장 사랑하는 남자에게 이 책을 반드시 읽히겠다는 포부를 2007년에 달성했다. 무협지 외엔 소설책과 담을 쌓고 사는 그의 여행 가방에 조르바를 태워 보냈다. 그는 일본의 작은 마을에서 한 달 동안 이 책을 읽었고 한동안 '인생은 주모의 엉덩짝'이라는 말을 달고 살았다.

"여자가 혼자 잔다면 그건 우리 남정네들의 잘못이에요. (…) 여자와 잘 수 있는데도 자지 않는 사내에게 화 있을진저! 남자와 잘 수 있는데도 안 자는 여자에게 화 있을진저!"와 같이 호탕한 농담이 흘러넘치는데도 전혀 거북하지 않는 소설이다.

하하하, 읽을 때마다 나를 웃겨주시는 조르바. 처음 읽기 시작했을 땐 하느님을 거들먹거리며 여자와 자는 것에 대해 정당화하는 이 대책 없이 무식한(!) 사내를 사랑하게 될 줄은 몰랐다. 책의 무용함을 끊임없이 주장하는 조르바는 내가 가장 한심하게 생각했던 유형의 인물이기 때문이다.

그러다 소음과 담배 연기가 가득했던 학교 앞 커피숍에서 읽을 책을 찾다가 다시 《그리스인 조르바》를 펼쳐 들었다. 무엇이든 언어 안에 가두고 싶어 했던 나와 달리 조르바는 모든 사물을 매일 처음 보는 듯 대했다. 여자, 빵, 물, 고기, 잠…, 모든 것이 유쾌하게 육화된 이 사내는 순간순간에 충실할 뿐 내일의 걱정을 오늘 하지 않는다. 이렇게 단순하고 소박한 조르바에게 반한 후 소설 속의 '나'처럼 "우리들, 교육받은 자들이 오히려 공중을 나는 새들처럼 골이 빈 것들일 뿐…"이라고 중얼거리며 한동안 책을 멀리했다.

나를 그토록 유혹하던 문학이 느닷없이 지적인 광대놀음, 세련된 사기극으로 보였다. 책 없이도 살 수 있는 조르바는 사실 누구보다 시심詩心이 가득한 사내다. 그는 이성의 방해를 받지 않고 본능에 충실하며 흙과 물과 동물과 하느님과 함께 사는 법을 터득한 도인에 가깝다. 그에게 중요한 건 '내가 사느냐 혹은 죽느냐'와 같은 원초적인 질문뿐이다. 그리고 '기왕 죽을 거면 화끈하게 살다 가자'가 삶의 신조라면 신조다. 분명 그를 소설 속 글자로 만났는데 단어가 사라지고 이미지로만 기억된다.

지독한 책벌레였던 주인공은 조르바를 만나 이런 행복의 주문을 중얼거린다. "진정한 행복이란 이런 것인가. 야망이 없으면서도 세상의 야망은 다 품은 듯이 말처럼 뼈가 휘도록 일하는 것…. 사람들에게서 멀리 떠나, 사람을 필요로 하지 않되 사람을 사랑하며 사는 것…."

하느님도 무심하시지. 이토록 멋진 남자를 이렇게 늦게 만나게 하시다니. 책을 집어 던지고 영화제가 한창인 부산으로 날아가고 싶다. 가서 수많은 인파 속에 둘러싸여 생전 처음 들어보는 감독이 만들고, 처음 보는 배우가 나오는 태국, 인도, 이란, 그리스 영화들을 하루 종일 보면서 바닷바람을 맞고 싶다.

"될 대로 되라지. 문자로 대충 아프다고 핑계 대자.
역시 모험은 건강에 좋다. 벌써 십 년은 젊어진 것 같다."

행동형 인간, 조르바를 따라 지금이라도 떠나자! 인터넷 예매는 끝났지만 현장 구매는 가능할 것이다. 그런데 잠은 어디서 자지? 유명 호텔이 아니라 조그만 모텔이라면 방이 남아 있겠지. 쾌쾌한 냄새가 나면 후드티라도 뒤집어쓰고 자면 된다. 그럼 내일 약속은 어쩌지? 될 대로 되라지. 문자로 대충 아프다고 핑계 대자. 역시 모험은 건강에 좋다. 벌써 십 년은 젊어진 것 같다. "고맙수다, 조르바. 그대는 내게 마늘과 쑥과 같은 존재요." 이런 나를 보고 조르바가 이렇게 칭찬해줄지 모른다.

"브라보! 젊은이. 이제 당신의 그 많은 책은 쌓아놓고 불이나 싸질러 버리시구랴. 그러면 알아? 진짜 인간이 될지?"

그래도 가방에 그만은 담아가야겠다. 두꺼운 양장본이라 무겁긴 하지만 치한이 나타나면 무기로 쓸 수 있겠지. 멀리서 조르바의 음성이 들린다. "잘해보게. 그대 영혼이 날아가지 않도록!"

미소 지으며
세상에 복수하고 싶을 때

BOOK

풍장의 교실
— 야마다 에이미

심야의 BGM

Inside
— Bang Gang

7월 중순에 태어난 나는 항상 비 오는 날 생일 파티를 해야 했다. 초대했던 많은 친구들이 단지 비가 온다는 이유만으로 오지 않을 때에 느꼈던 그 쓸쓸함 때문에 장마가 있는 달에 날 낳은 엄마까지 원망했다.

어릴 땐 화장실을 같이 갈 단짝 친구가 하느님보다 중요한 존재였다. 그렇게 학교와 친구가 세상의 전부였던 시절, "당신은 왕따(이지메)를 당해본 적이 있나요?"라는 질문을 던지는 일본 작가가 있다.

철저히 '몸과 욕망, 발칙하고 도발적인 사랑'이라는 콘셉트로 서사를 이끌어가는 야마다 에이미가 바로 그 주인공이다. 내가 그녀의 소설을 처음 만난 것은 순전히 우연이었다. 도서관에서 제자리에 세워져 있지도 않고 엉뚱한 서가에 '누워' 있던 그녀의 소설집 《공주님》을 처음 발견하고 유치한 표지와 제목에 피식거리며 한 장 한 장을 무성의하게 넘겼다. 그대로 집에 가져가 밤을 꼴딱 세워 읽어 내려갔다. 그 후 그녀의 전작, 신작할 것 없이 모두 다 장바구니에 담게 되었다.

'낭만을 버리고 순정을 짓밟고 당신 스스로에게 솔직하라'고 말하는 연애 소설의 여왕, 야마다 에이미의 대표작 중에서도 전설의 초기작 세 편을 묶은 《풍장의 교실》이 복간된 날, 오프라인 서점으로 달려갔다. 감각적인 표지로 재탄생한 그것을 끌어안고 집으로 돌아왔다. 절판된 후 한때 8만 원까지 호가했던 이 소설집의 표제작인 단편 〈풍장의 교실〉은 비슷한 주제를 다루는 은희경의 장편 《새의 선물》보다 짧고 쉬운 문장으로 어른과 아이의 세계 간 경계를 허무는 수작이다.

내가 '물처럼 잔잔한 인생을 살고 싶다'고 생각한 것이 고등학교 2학년 때였던 것과 달리 이 소설의 화자인 모토미야 안은 발칙하게도 초등학교 5학년 때부터 어른보다 어른스러운 생각을 달고 산다. 한 학기가 끝날 때마다 전학을 가는 생활을 반복하는 동안, 일찍이 세상의 이치를 알아버린 조숙한 아이다.

이 '계집애'가 겪어야 했던 따돌림의 생생한 묘사는 지나간 내 모든 학창 시절의 기억을 흔들어놓았다. 물론 나는 자살을 시도할 만큼 심한 왕따 경험은 없다. 하지만 '교실의 부품'처럼 시키는 것만 하며 사는 것이 얼마나 편한지를 절실하게 느낀 고등학교 3학년 시절을 떠올려보면 이 소설이 단순한 글로 읽히지 않는다. 나만 빼고 모두 고개를 숙이

"읽을 때마다 어린 나이에 모든 것을 알아버린 소녀가 처한,
감정을 배제한 '절망'의 상태를 조금씩 맛보는 행운을 누릴 수 있다."

고 공부만 하던 아이들, 그들의 슬픈 뒤통수가 떠오른다.

튀지 않아야 평온한 일상이 가능하다는 사실을 사회에 나와 더 절실히 느낀 다음부터, 미소 지으며 세상에 복수하는 법을 전수받고 싶을 때마다 이 책을 찾아 읽는다. 읽을 때마다 어린 나이에 모든 것을 알아버린 소녀가 처한, 감정을 배제한 '절망'의 상태를 조금씩 맛보는 행운을 누릴 수 있다. 교실의 따분한 평화가 서서히 잔인한 공포로 변해가는 그 터닝포인트에 이르면 소름이 돋아서 나도 모르게 침을 꼴딱 넘기며 책 속에 더 몸을 맡기게 된다.

아이는 말한다. "인간은 여러 가지가 눈에 보이지만, 그것이 마음속으로 침투하지 않는 한 아무 불평도 하지 않습니다." 교실에서 튀는 존재가 된 아이는 자신을 할퀴는 수많은 손톱들을 말없이 견디어낸다.

우리는 무엇보다 이 소설의 제목에 있는 풍장風葬이라는 단어에 주목할 필요가 있다. "죽은 사람을 들에 내버려두는 것을 풍장이라고 한답니다"라고 담담히 말하는 모토미야 안의 마지막 모습에서 불현듯 학창 시절 자주 불렀던 서태지와 아이들의 노래 〈필승〉의 후렴구를 떠올렸다.

'아무도 모르게 내 속에서 살고 있는 널 죽일 거야.'

이 노래를 고등학교 연극부 오디션 현장에서 대걸레를 들고 목청껏 불렀다. 아무도 모르게 죽이고 싶은 존재는 이유 없이 날 구속하는 사람이었거나 중학교 내내 따라다녔던 1등에 대한 집착 또는 나를 드러내지 않고 얻었던 '따분한 평화'였는지도 모른다. 우리는 모두 마음속에 묘지를 하나씩 품고 있어야 한다. 일종의 '데스노트'라고 해도 좋다. 이런 탈출구가 있어야 상처와 우울에도 의연하게 대처할 수 있다.

81페이지밖에 안 되는 〈풍장의 교실〉을 몇 번이나 다시 읽었는지 모르지만 다시 한 번 더 읽으면서 마음속에 하나의 묘지를 품고, 풀과 나무를 천천히 밟는 의식을 치른다. 남자애 하나 때문에 정신 못 차리는 나를 바라보던 공부밖에 모르는 그들의 이중적인 눈빛이 조용히 빛을 따라 사라진다. '그래, 넌 그렇게 정신을 잃고 뒤처져 있어라. 우린 앞만 보며 달릴 테니…' 숨이 쉬어지지 않을 정도로 단단한 벽이 무너지고, 나는 지금 내 속에 새로운 감정이 태어났다는 것을 알게 되었다. 살아 있다는 사실에 '욕망' 이상의 징표는 없을 것이다. 앞만 보며 달린 그들보다 세상이 만만해 보인다. 잠시 머뭇거려도 된다는 안도감마저 든다.

📖 야마다 에이미에게 배우는 유혹의 기술

➼ 주의를 받으면 온순하게 대답하곤 고개를 숙인다. 그리고 선생님만 알아차릴 수 있도록 눈썹을 가늘게 떨어본다.

➼ 학교 갈 땐 야한 냄새가 나는 향수를 뿌리지만 남자친구와 데이트할 때는 엄마가 과자를 만들 때 쓰는 바닐라 에센스를 바른다.

➼ 어른이란 난처할 때에도 웃지 않고 적당히 넘기는 사람이다.

➼ 가느다란 목과 계속 깨물고 있어서 빨갛게 물든 입술 등 연약함을 드러내서, 스스로를 강하다고 생각하는 남자의 마음을 사로잡아라.

➼ 진짜 좋아하는 사람에게는 진심이 담긴 편지를 쓰지 마라.

인간이라는 존재가 싫어질 때

BOOK
인간실격
— 다자이 오사무

심야의 BGM
사람이었네
— 루시드 폴

인간에 대한 기대감이 없다고 말하는 주인공이 있다. 그는 "지금 나를 조롱하는 사람까지 포함해서 모든 인간들은 서로의 불신 속에서 야훼도 뭐도 염두에 두지 않고, 태연스럽게 살고 있지 않습니까?"라고 묻는다. 여러 여자를 홀리는 이 남자는 자살로 생을 마감한 일본의 소설가, 다자이 오사무의 분신이다. 어쩌면 인간을 가장 사랑했던 한 남자의 이야기인지도 모른다.

서로가 서로를 속이고 믿을 수 없지만, 그러면서도 서로에게 상처를 주고 싶지 않아서(결국 상처받기 싫어서) 타협하는 인간의 여러 모습이 드러나는 소설, 《인간 실격》은 인간과 마주하고 싶지 않을 때 꺼내 읽으면 좋은 책이다. 다자이 오사무의 '뻔뻔한 회화체'를 끔찍이 좋아하는 나는, 심심한 하루의 끝에 그를 붙잡고 이렇게 하소연한다.

"누구에게도 털어놓을 수 없는, 나의 고독한 냄새를 함께 맡아주겠어요?"

이 소설에는 '정열이란 상대의 입장을 무시하는 건지도 모르겠지만', '다른 사람에게 뭔가를 부탁할 때는 우선 그 사람을 즐겁게 만드는 게 상책이라고', '심각한 표정으로 농담을 해야 더 귀여움을 받는다든지' 같이 위트 있는(처세술에 가까운) 문장이 곳곳에 있어서 누구든지 처음엔 가볍게 읽어 내려갈 수 있다.

그런데 이 놀라운 소설에서 1인칭 주인공은 끊임없이 "죽고 싶다", "죽여줬으면 좋겠다"고 말한다. 그의 행동거지는 도저히 자살할 사람처럼 보이지 않는데 말이다. 홍상수의 영화 〈하하하〉에 나오는 '중식(유준상)'이 우울증 환자라는 것이 믿어지지 않는 것처럼 그는 유쾌한 연기를 잘하는 사람이다.

그러나 사람들이 "그렇게 살지 마. 세상이 널 가만두지 않을 거야"라고 경고하는 말에서 '세상'이 곧 '개인', 즉 어설픈 충고 따위를 하는 주체를 의미한다는 것을 깨닫고 그는 죽음에 실제로 가까워지게 된다.

"오늘도 내일도 같은 일을 반복하고

어제와 다름없는 관례를 따르면 되지.

하루아침의 큰 영화를 피할 수만 있다면

"결국 인간에게 호소하는 건 소용없는 짓이다."

자연스레 큰 슬픔도 널 찾지 않는 법."

아. 그를 술독에 빠지게 한 이 시에서 나는 반대로 희망을 보았다. 나 역시 사이코가 맞나 보다. 무슨 부귀영화를 누리겠다고 아침부터 저녁까지 그 많은 말들을 꾸역꾸역 집어삼키고 살았을까? 왜 복잡하게 겉 다르고 속 다르게 행동하는지, 분노할 필요도 없다. 뭐 인간과 인간 사이에 반드시 일어나는 일들이라 생각하고, '두꺼비처럼 굽이돌아 제 갈 길 가면 된다'고 생각하면 만성 소화불량도 나을지 모른다.

그는 순수했기에 남에게 상처 입히는 것도 상처받는 것도 두려워한 것일까. 신에게 묻고 싶다. "과장된 연기는 죄입니까? 순진한 신뢰도 죄입니까? 커다란 영화도, 커다란 슬픔도 바라지 않는 것은 비겁한 걸까요?" 신에게 마지막으로 묻는다. "무저항도 죄인가요? 사랑의 반대말이 증오가 아닌 무관심이듯 삶의 반대말은 죽음이 아니라 체념 아닐까요? 산송장. 그것은 '비겁함'인 것 같습니다."

일이 아닌 인간관계에 지쳐갈 때마다 《인간 실격》을 읽고 오늘의 비겁함을 반성하곤 한다. 저마다 각자의 이익을 위해 산다지만 적어도 나 자신은 괴물이 되지 말자고 다짐한다. 내일의 하루를 위해 태엽을 감으며 잠든다. 술도, 모르핀도, 광기도 없이 잘도 말이다. 모든 것은 스쳐 지나갈 것이다.

하지 말라는 짓만
골라 하고 싶을 때

BOOK

고통과 환희의 순간들
— 프랑수아즈 사강

심야의 BGM

You Know I'm No Good
— Amy Winehouse

'질서정연하게 구획된, 건강하고 활기찬' 나날의 연속이다. 아침마다 꼬박꼬박 커피를 챙겨 마시고 직장인들의 스테디셀러 메뉴인 김치찌개나 된장찌개를 점심 때마다 돌려가면서 먹고 저녁에는 야근을 하거나 영화를 보러 간다. 주말에는 남자친구와 만나 또 무엇인가를 먹고 마시고 걷다가 집에 들어온다. 술은 마셔봐야 맥주 500cc가 최고치고, 구두 굽은 3센티미터를 넘지 않으며 손톱엔 언제나 투명 매니큐어만 바른다. 늦게까지 술을 먹고 집으로 가는 골목길에 변태에게 당했던 '아이스케키(치마 들추기)'도 추억(?)이 되어버렸다. 바람이 잘 통하는 일상인 듯 보이지만 왠지 모르게 자꾸 삐뚤어지고 싶은 요즘, 머리를 쿵쿵 때리는 말 한마디가 있다.

"(남에게 피해를 주지 않는 한) 나는 나를 파괴할 권리가 있다."

국내에선 소설가 김영하의 소설 제목으로 유명해진 이 말을 한 사람은 프랑스의 매력적인 국민 작가, 프랑수아즈 사강이다. 사강은 코카인 복용 혐의로 유죄 판결을 받은 뒤 위와 같은 발언을 했다.

그녀는 발칙한 소설만큼이나 드라마틱한 삶을 살다 간 작가로 알려져 있다. 집, 회사, 카페, 다시 집을 오가는 '모범생 하루 코스'에 질릴 때쯤 늘 꺼내 읽게 되는 그녀의 첫 자전적 에세이 《고통과 환희의 순간들》. 한 번뿐이라 더 소중한 내 인생, 뜨겁게 불태우다 가고 싶은데 생각처럼 몸이 말을 듣지 않을 때 사강의 비행非行 에세이를 잠들기 전 읽어주면 다음 날 반항아처럼 지각도 해보고 혼자 점심을 먹는 만행(!)도 저질러보게 된다. 가끔씩 남자친구에게 마음에도 없는 이별 통보도 저지르곤 했는데, 그건 뒷일이 감당이 되지 않아 사귄 지 5년 차부터 보류 중이다. 아, 소심한 여자여.

한때 책보다 남자를 더 좋아했던 나는 밤마다 집에서 뛰쳐나갔다. 맨발로 나가면 발자국 소리가 나니 집에선 양말을 신고 도둑처럼 거실을 가로질러 나와 양말을 벗고 놀러 다녔다. 오죽했으면 대문에 초를 칠해 문소리가 덜 나게 만들기까지 했을까. 마시지도 못하는 술을 '먹고 죽자' 정신으로 마셔대고, 술에 취해 쓰러져 경찰차도 타보고, 한 달에 스무 번씩 소개팅도 해보았다.

사강은 이 책에서 그런 건 비행의 축에도 들지 않는다며 나를 주눅 들게 한다. 자동차와 스피드에 대한 열망, 새벽까지 카지노에서 도박에 심취했던 일, 그리고 세기의 남자친구들과의 여러 일화를 툭툭 털어놓으면서.

그녀는 "생존과 직결된 모든 시도에 몸을 맡긴 채 가까이 있는 죽음의 위엄 있고 매혹적인 침묵을 느껴본 적이 없는 사람"은 결코 스피드를 사랑해본 적도 없고 그 누구도 사랑해본 적이 없는 거라고 단호하게 말한다.

도박을 다정하게 '그'라고 부르고, 스피드를 '그것'이라 칭하며 세상이 금지하는 모든 것을 친구처럼 받아들인 사강. 잠시 카지노를 끊고 그녀는 금욕적이고 비극적인 밤들을 견뎌내야 했던 때도 있었다. 그러나 "무엇이든 자기 자신에게 뭔가를 금하는 일은 하지 말아야 한다"고 결심한 후 다시 도박의 세계에 자신의 이성과 허영심을 내던졌다. 도박을 권장하는 것은 아니니, 그 무모함을 비웃고 싶은 자들은 몇 페이지 건너뛰어도 된다고 말한다. 참 그녀답지 않은가.

'도박'편을 읽으며 한 번도 생각해본 적 없는 '진정한 도박사'의 기질에 반하고 '스피드'편을 읽으며 계산할 수 없는 그것의 치명적인 매력에 대해 생각해본다. 평평한 내 인생에 부과된 속도는 과연 얼마일까?

규정 속도를 벗어나지 않는 삶을 꿈꾼 것은 아니지만 지나치게 빠르거나 느린 것을 경계해왔다. 홍대 앞을 모교 교정보다 자주 드나들던

"밤마다 아이크림이나 자기계발서 대신
이 책과 같은 일상의 자극제를
자주 발라주어야 하는지도 모른다."

시절엔 아직 오지도 않은 내일은 생각하지 않고 오직 눈앞에 있는 술, 가슴을 때리는 음악, 처음 보는 사람들과의 가벼운 대화에 고삐 풀린 망아지처럼 잘도 웃고 떠들었다. 불운이 계속되는 밤도 있었지만 오늘 밤이 아니면 못 놀 사람처럼 해가 뜨는 다섯 시를 증오하곤 했다.

하지만 지금은 다음 날 얼굴이 부어 화장이 안 받으면 어쩌나 하는 걱정 때문에 라면 하나도 마음대로 못 먹고 12시 이전에 잠자리에 든다. 언젠간 반드시 오는 죽음처럼 얼굴의 주름을 두려워하며 아이크림을 꼼꼼히 바르고 당장 업무에 필요한 책을 한 구절이라도 읽고 자려고 발버둥 친다.

모두가 그렇게 산다며 배부른 소리 하지 말라고 동료가 말한다. 이게 진정 '밥벌이의 괴로움'이라면 아무도 안 볼 때 스스로 그 가면을 벗어버리고 도발을 꿈꿔볼 수 있는 거 아닌가. 나 홀로 깨어 있는 야심한 이 시각, "당신과 나, 우리는 예술가요. 우리는 자본가 나부랭이나 조잡한 사기꾼들과는 아무런 상관이 없어요. 그런 사람들은 페스트를 피하듯 피해야 합니다. 그들은 단순한 중개인일 뿐이에요"라는 조지 웰스George Orson Welles(미국의 배우 겸 감독, 〈시민 케인 Citizen Kane〉 등 발표)의 충고대로 자본주의 광고가 돈으로 유혹하는 모든 기호로부터 벗어나보고 싶다. 그러기 위해 밤마다 아이크림이나 자기계발서 대신 이 책과 같은 일상의 자극제를 자주 발라주어야 하는지도 모른다.

물론 '자신을 파괴하는 권리'를 마음껏 누렸던 사강도 '대수롭지 않은 파리 생활, 대수롭지 않는 나이트클럽, 위스키, 연애 사건, 떠들썩한 술파티'에 싫증을 냈다. 19세라는 어린 나이에 이미 《슬픔이여 안녕》과 같은 히트작을 낸 억만장자 작가답게 독서와 위대한 음악 그리고 철학적 토론에 심취하며 권태로부터 벗어나기 위해 노력했다.

이 매혹적인 작은 악마는 화려한 문학적 경력을 살려 빌리 홀리데이, 테네시 윌리엄스, 카슨 매컬러스, 사르트르 등 당대 최고의 예술가들과 교류했고 이 책에 그들과의 만남이 자세히 기록되어 있다. 그들은 모두 자신이 가진 것을 잃어버릴까 봐 두려워하지 않았다. 모든 소유를 일시적인 것으로, 모든 패배를 우연으로, 모든 승리를 하늘의 선물로 간주하는 도박사처럼 보인다. "스피드는 사는 것의 행복과 통한다. (…) 도발이나 도전도 아니다. 그것은 행복의 도약이다." 한번 스피드를 맛본 자들은 심장이 뛰는 한 죽음과 같은 행복의 도약을 끊지 못하리라. "당신의 검은 밤, 당신의 친구들, 당신의 종이(그 하얀 종이의 비극!)를 만날 수 있어서 행복했어요."

아메리카노를 옆에 두고서 끊임없이 무엇인가를 읽거나 써야 한다는 공포, 낯선 다툼이 뒤죽박죽 뒤섞인 도시의 비애, 숙취가 사라지지 않은 채 태양을 맞이했던 반항기를 조금 맛보다 잠든다. 나는 이 책을 읽은 후 "나에게 무슨 일이 일어나든, 공격을 받든, 행운이 미소 짓든 늘 운명에 대립하기로, 즉 미소 띤, 한 술 더 떠 상냥한 얼굴을 하기로 마음먹었다."

나를 좌절시키는 모든 것들에게 미소를 보낸다.

사강에게 배우는 도발

➡ 나는 미칠 정도까지 사랑했다. 광기라 불리는 그것은 내겐 유일하게 상식적인 사랑의
방식이다.

➡ 만약 글을 쓰지 않는다면 나는 아무렇게나 살 것이며, 만약 살지 못한다면 나는
아무렇게나 글을 쓸 것이다.

➡ 도박은 많이 따는 것이 아니라 적게 잃는 것이다.

➡ 시간을 붙잡으려고 애쓰지 말아야 하듯, 인생도 사랑도 붙잡으려고 애쓰지 말아야
한다.

➡ 나는 프루스트를 통해 내 열정 속에 도사린 어려움과 위계의 의미를 배웠다. 나는
프루스트를 통해 모든 것을 배웠다.

아무 이유 없이
집에 들어가기 싫은 날

BOOK
악의 꽃
— 보들레르

심야의 BGM

Meds
— Placebo

빈속이지만 아메리카노 한 잔을 시켜서 창가에 앉는다. 바쁜 아침에 두꺼운 시집 한 권도 챙겨들고 나왔다. (너무 무거워서 삶의 무게만큼 무겁게 느껴진다.) '현대시의 시조'라 할 수 있는 보들레르가 쓴 단 한 권의 시집《악의 꽃》. 잘 알려져 있는 만큼 제목만 읽고 책장에 꽂아놓는 전시용이 되기 쉬운 책이다. 그러나 해질녘에 자기 집 앞을 하염없이 맴돌아본 사람이라면 이 시집을 읽지 않고는 못 배길 것이다.

시들은 하나같이 난해하고 애매하다. 보들레르의 악마적이고 그로테스크한 세계관은 시종일관 독자들을 불편하게 만든다. 보들레르는 이 시집을 '세상의 모든 고통을 담아놓은 사전'이라 정의했다. 우리는 군중 속에서 더 고독을 느끼는 이 예민한 시인을 통해 태양이 못 미치는 달의 어두운 면을 볼 수 있다. 그렇기 때문에 그의 시는 시대를 초월해 지속적으로 읽힌다.

악보다는 선이 가득한 정형화된 환경에서 대부분의 나날을 평온하게 사는 나에게 보들레르가 그려내는 '악의 세계, 달의 슬픔'은 세상을 덜 지루하게 하고, 덜 무겁게 만드는 유연제가 된다. 보들레르와 에드거 앨런 포를 즐겨 읽게 된 후부터 서울의 우울도 보이기 시작했다. 천박한 네온사인과 고급스런 강남의 빌딩 숲에서 자주 방황한다.

마감에 치여 세탁기에 빨래를 돌리듯 머리를 굴렸던 오늘은 고통, 우울, 허무, 집념, 권태가 가득한 《악의 꽃》을 읽다 집에 늦게 들어가기로 마음먹는다. 번화가 커피숍 창가에 당당히 앉아 자아를 더욱 예민하게 만드는 시를 읽은 지 너무 오래되었다. 누가 시킨 것도 아닌데 어두워지기 전에 집에 가서 씻고 자기 바쁘니, 마음의 병을 어루만져줄 시간이 없었다. 얼굴에 수분크림은 매일 겹겹이 바르고 자면서도 두 달간 일기를 쓰지 않았다는 사실도 이제야 알았다. '매일 일기 쓰는 여자'가 그나마 내세울 만한 나의 강점이었는데 말이다.

밖이 내다보이는 유리를 통해서 나만 빼고 모두 행복해 보이는(행복한 척 하는) 세상을 바라본다. 어둠이 나를 집어삼키기 전에 남은 커피를 마시고 일어나야 할까. 무작정 좋아했던 사람에게 전화해서 술 한잔 사달라고 떼를 써볼까. 근데, 나 누굴 좋아하긴 했었나? 술도 마시지 않고 이렇게 취한 사람처럼 비틀거릴 수 있다니, 정말 보들레르의 시가

"우리는 군중 속에서 더 고독을 느끼는
이 예민한 시인을 통해 태양이 못 미치는
달의 어두운 면을 볼 수 있다."

주는 환각 혹은 망상은 강력하다. 프랑스어 원문 그대로 읽고 흡수할 수 있다면 얼마나 좋을까. "천년을 산 것보다 더 많은 추억"을 가질 수 있을 텐데….

겉으론 어둡고 우울해 보이기만 하는 보들레르는 그 누구보다 아름다움에 집착했던 시인이다. 그가 남긴 시와 음악, 미술에 대한 평론은 소름끼치게 심미주의적이며 예술지상주의자의 고집이 느껴진다. 그 아름다움이 악마로부터 왔건, 하느님에게 왔건 무슨 상관이랴? 우리는 선악을 떠나 그저 술에 취하듯 그것에 취하면 된다. 대신 모두가 자신에게 주어진 일을 하느라 바쁜 낮에는 절대 이 시를 섭취하지 말아야 한다. 태양이 지배하는 낮에 읽으면 세상이 두 개로 보이는 주정뱅이처럼 흥분하여 질겁하고, 병이 난 듯 낙심하고, 정신은 신비와 부조리에 상처를 입고 열에 들뜨고 당황하여(!) 미친 사람 취급받기 쉽다. 그러니 부디 날이 어두워진 뒤에 보시길.

카페를 나와 걸으니 하늘에선 어둠을 퍼붓고 있다. 서글픈 이 세상 위로 머나먼 추억이 느긋이 솟아오른다. 그리웠던 이들의 얼굴을 그려볼 수 있을 것 같다. 밤새 내 이야기를 들어주던 사람들, 아침이면 각자의 방으로 돌아가 해가 지면 다시 만나던 사람들, 그러나 이제 전화번호로도 남아 있지 않은 사람들…. 오늘 밤엔 보들레르처럼 내 젊은 날의 우울과 절망을 잘 다려서 글로 남기고 잠들 수 있을지도 모른다.

세상을 새롭게 보고 싶다면

BOOK
동물원에 가기
— 알랭 드 보통

심야의 BGM
Paris
— The Chainsmokers

오늘도 아침 일찍 일어나 9시까지 출근을 한다. 책상에 앉자마자 컴퓨터를 부팅하고 오늘의 업무를 시작한다. 중간중간 트위터를 하거나 블로그를 업데이트했지만 모든 글은 편집 진행을 맡고 있는 도서에 관련된 내용뿐이다. 즉, 도서 마케팅 업무의 연장선이다. 동료들이 모두 퇴근한 사무실에 남아 사내에서 진행 중인 도서기획대전에 제출할 기획서를 작성한다. (어제와 오늘의 일기 내용이 같다.)

나는 언제 이렇게 완벽한 직장인이 되었을까? (어제의 질문과 오늘의 질문이 같다.)

한때 나도 무라카미 하루키처럼 세련되고, 은희경처럼 아픈 소설을 쓰고 싶은 작가지망생이었으나 작가나 화가 같은 예술가의 길은 멀고 가난해 보였다. (지루한 도입부를 썼다 지웠다, 반복하고 있다.)

책이 좋아서 책을 만드는 일을 하면서, 일기장이나 블로그에 하루하루 나의 일상을 충실히 기록해나가고 있지만 내가 보고 듣고 느낀 것을 나열한 자료는 예술이 되지 못한다는 사실이 오늘따라 참 짐스럽다.

점점 더 싱거운 문장들만 내뱉고 있는 오늘 밤, 난 아주 특별한 철학에세이를 펴 들었다. '생활 속 철학'을 자유자재로 구사하는 알랭 드 보통의 가장 얇은 책, 《동물원에 가기》가 '글쓰기 슬럼프'를 극복하게 해줄 수 있을까?

이 책은 펭귄 출판사가 창립 70주년을 기념하여 출간한 문인 70명의 작품 선집들 중 한 권으로, 그동안 쓴 에세이들 중 알랭 드 보통이 직접 선별한 짧은 산문들을 실었다. 70번째라는 상징적인 자리를 차지한 이 글쓰기 천재는 한국에서도 많은 팬을 확보하고 있는 베스트셀러 작가다. 《여행의 기술》, 《불안》, 《행복의 건축》등 일상의 가치를 재발견하는 에세이들을 통해 '지적으로 보이고 싶은 사람들'의 허영심을 달래주어 영웅이 되는 동시에 재야의 철학자들(?)에게는 질타의 대상이 되기도 했다.

작가는 '집에서 슬프거나 따분할 때면' 공항에 간다고 한다. 그래서 《공항에서 일주일을》이라는 책도 썼다. 비행기를 타러 가는 것이 아니라, 발레 공연을 보러 가듯 공항을 감상하러 가는 것이다. 또 아이들만 간다고 생각하는 동물원에 가서 국립미술관의 앵그르 전시회를 보듯 새로 들어온 난쟁이하마를 감상한다. 그러곤 다윈과 플로베르를 끌어들이며 동물원 감상하기를 '유식하게' 마무리한다. 따분하다고 여겨지는 장소나 아이들의 유원지도 철학적으로 해석하고 독특한 가치를 발견할 수 있게 도와준다. 그가 소개하는 낯선 장소는 불현듯 "강렬하고 계시적인 생각들을 담는 그릇"이 된다.

'때때로 큰 생각은 큰 광경을 요구하고, 새로운 생각은 새로운 장소를 요구한다'고 하지만 알랭 드 보통의 글을 읽다 보면 내 주변의 사소한 것들마저 특별하게 다가와 서로들 글감이 되겠다고 아우성친다. 지금 내 방 책상 위에 있는 각종 과자들(브랜드도, 포장지도 참 다양하구나), 매달 할인해주겠다고 달려드는 백화점 DM(요샌 365일 세일하는 것 같다)과 피자와 치킨 할인쿠폰, 지난달에 본 영화표, 창밖으로 보이는 징그러운 매미만으로도 그럴듯한 에세이 한 편을 완성할 수 있을 것만 같다.

전화기가 얼어붙었던 지난 주말에는 남자친구와 아침엔 김치찌개, 점심엔 떡볶이, 저녁엔 삼겹살을 해먹고 위대한 〈스타워즈〉 시리즈를 보며 조용하고 평범한 주말을 보냈다. 지금은 그저 광선검과 광속 운행 장면이 눈에 아른거리고 다스 베이더의 거친 숨소리와 츄바카의 "아구구" 하는 비명 소리만 쉼 없이 귀에 울릴 뿐이지만 또 적어놓고 보니 나의 일상에도 어떤 철학이 숨 쉬는 듯 보인다. '빵 굽는 타자기' 대신 '밥 짓는 노트북'이 있어서 주말 동안 먹는 걱정하지 않고 글만 쓸 수 있다면 얼마

"'빵 굽는 타자기' 대신 '밥 짓는 노트북'이 있어서
주말 동안 먹는 걱정하지 않고 글만 쓸 수 있다면
얼마나 좋을까."

나 좋을까.

　토요일에는 영화를 보고 일요일에는 저녁에 우울해질 경우를 대비해 초콜릿을 쟁여두는 소설 속 주인공처럼 따분한 일상의 매력을 찾기 힘든 날에 대비해 이 책을 쟁여두면 여러 가지로 유용하다. "우리가 할 수 있는 것보다 이들을 훨씬 더 잘 묘사하는 능력"을 배울 수 있다. 느낀 바를 글로 표현하지 못하는 내 자신이 초라해지기도 하지만 평범한 문장도 드 보통의 글을 인용한 순간 예술로 승화된다. 밤늦게까지 엄마 몰래 친구네 집에서 놀다 온 어린아이처럼 오늘의 일기는 이렇게 마무리해도 될 것 같다.

　'참 재미있는 하루였다.'

📔 평범한 일상을 예술로 승화시키는 방법

➦ 슬플 때 자신을 가장 잘 위로해주는 것은 슬픈 책이다. 지독하게 슬픈 책을 읽어보자.

➦ 주유소나 휴게소에 들러 주변을 돌아보자. 버려진 고무공마저 멋진 스케치 대상이 된다.

➦ 자주 가는 테이크아웃 커피전문점에서 안 보던 잡지를 펼쳐보자. 올여름에 자주색 손톱이 유행할 것이라는 주장마저 시적으로 들릴지도 모른다.

➦ 다른 사람들의 일상이 굴러가는 광경을 잠시 지켜보고 싶다면 대학 때 자주 가던 학생회관 식당이나 학교 앞 호프집에 가보자. 잊고 살던 첫사랑을 다시 만날 수도 있지 않은가.

➦ 아무 이유나 목적 없이 동물원에 간다. 땅에 배를 깔고 늘어지게 자고 있는 동물들을 관찰해보자. '동물이 되어야 한다면 뭐가 되고 싶은가' 놀이를 해보면 나와 닮은 동물을 우연히 발견하게 된다.

03

잊고 싶은 기억은
꼭 밤에 떠오른다

바람이라도 피우고 싶은 날

BOOK

마담 보바리
— 귀스타브 플로베르

심야의 BGM

I'd Do It All Again
— Corinne Bailey Rae

주중에 (정말 쥐꼬리만 한 월급을 받으며) 밤낮으로 일하고 주말에도 정해진 코스대로 쉬는 일상에서 벗어나 적극적으로 일탈을 꿈꾸는 사람이 몇이나 될까? 어떤 이는 게임을 하고, 어떤 이는 스포츠 경기를 시청하고, 어떤 이는 정신 못 차릴 만큼 술을 마시고, 어떤 이는 여행을 떠난다. 대부분의 사람들은 이렇게 비교적 건전한 방법으로 기분 전환을 하지만 플로베르가 창조한 보바리 부인은 대범하게도 여러 정부情夫를 두고 바람을 피우며 '현재 초라한 자신'의 처지를 잊으려고 한다.

평범한 인물의 평범한 일상을 자잘하게 묘사하며 현대소설의 막을 열어젖힌 디테일의 대명사, 귀스타프 플로베르는 여러 가지로 자극이 되는 소설가다. 장면 묘사를 통해 인물의 심리를 드러내는 기술이 뛰어나고 결벽증에 가까운 완벽주의를 추구하기 때문에 단 한 문장도 놓치고 싶지 않게 만든다. 특히 된장녀의 원조라고 할 수 있는 엠마가 등장하는 《마담 보바리》를 처음 읽었을 때 나는 감격했다. 그 후로 줄곧 왠지 색유리를 통해 현실을 다르게 보고 싶은 날엔 꼭 가방에 넣게 되는 책이다. 그 경이로운 무게에도 불구하고 말이다!

이 작품에서 유래된 말이 있다. '보바리즘.' 있는 그대로의 자신과 다르게 스스로를 인식하는 상상력이 일으키는 열광과 무력감을 일컫는 말이다. 여기가 아닌 다른 곳, 지금이 아닌 다른 시간, 과거 혹은 미래를 동경하는 심리를 표상하기도 한다.

소설 속 엠마는 이런 여자다. 그녀는 장식해놓은 꽃들 때문에 교회를 사랑하고, 연애를 이야기하는 가사 때문에 음악을 사랑하고, 정념을 자극하는 맛 때문에 문학을 사랑한다. 로맨스소설을 지나치게 많이 읽어서 사랑에 대한 환상에 젖어 있는 엠마는 책 속에 등장하는 '희열'이니 '정열'이니 '도취'니 하는 말들이 실제로 인생에서 어떤 의미인지 알고 싶어 한다. 평범하고 지루한 삶을 실현 불가능한 꿈이나 영화, 드라마로 대리만족하는 우리 모두처럼.

그런 그녀가 결혼한 남자는 지독하게 멋없는 시골 의사, 샤를르다. 그의 헌신적인 사랑 덕분에 더욱 무료해지는 결혼 생활로 인해 늘 다른 남자나 다른 곳을 동경하며 살아가는 엠마. 식탁에까지 책을 끼고 들어와서 현실을 부정하고, 헛된 사랑만을 좇는 우리의 엠마. 아, 어리석도다.

"나른한 일상에 바람이라도 피우고 싶은 날, 대리만족하는 심정으로
보바리 부인을 만나면 어김없이 냉정한 현실을 끌어안게 된다."

그녀가 꿈꾸는 '푸른 초원'은 언제나 다른 집 앞마당에 있는 듯 보인다. 불순한 소설을 읽으며 공상하는 것에서 벗어나 실제로 불륜을 저지르기 시작하면서 엠마는 외모적으로는 더욱 아름다워진다. 왜, 비밀을 가진 여자들만의 매혹적인 아우라가 있지 않은가. 그러나 그녀를 반짝반짝 빛나게 해주는 모든 것들은 거저 얻어지는 게 아니기에, 서서히 그 대가를 치르게 된다.

(스포일러 주의!) 엠마를 음독자살로 이끄는 것은 그녀가 그렇게 거짓말에 거짓말을 보태 지키고 싶었던 사랑이 아니라 결국 돈이다. 오직 사랑밖에 보이지 않는 엠마는 그 대단한 사랑을 지키기 위해 돈을 물 쓰듯 쓴다. 마침내 돈은 바닥이 나버리고 그 바닥을 다시 채울 방법으로 죽음이라는 비극적인 선택을 한다. 이런 그녀의 삶은 혐오스럽고도 사랑스럽다.

나른한 일상에 바람이라도 피우고 싶은 날, 대리만족하는 심정으로 보바리 부인을 만나면 어김없이 냉정한 현실을 끌어안게 된다. TV 드라마의 단골 소재로 나오고 그때마다 욕하게 되는 불륜을 다루고 있지만 이 소설의 주제 혹은 주체는 불륜이 아니다. 플로베르가 소재를 소재로만 머물게 하지 않기 때문이다.

그는 이 책을 쓰면서 "관절에 납 구슬을 붙이고 피아노를 연주하는 것 같았다"라고 술회할 정도로 세부 묘사에 집착했다. 그 묘사를 따라가다 보면 마치 책 속 세상에 들어와 있는 듯한 착각이 들어 새삼스레

주위를 돌아볼 정도다.

어느새 책 속 인물이 되어 예술가 같은 시샘과 소시민 같은 아집으로 뒤범벅된다. 플로베르에게 감정 교육을 받고 있는 듯한 기분이 든다. 어디에 살고 있는지 알 수 없지만 밤새도록 지적인 대화가 가능할 것 같은 남자를 꿈꾸어본다. 그러다 곧 엠마와 같은 일탈은 꿈도 꾸지 말라고 꾸짖는 작가의 육성을 들으며 마지막 책장을 덮는다. 끝까지 한눈을 팔 수가 없다.

나는 불륜은커녕 야밤산책도 시도하지 않고 그저 엄마가 손수 만들어주신 돈가스를 포도씨유에 튀겨서 마늘소스에 버무린 양배추샐러드와 함께 먹으며 사방이 책으로 둘러싸인 내 방에서 책을 읽는다. 털끝 하나도 놓치지 않겠다는 플로베르의 의지가 엿보이는 《마담 보바리》같이 두꺼운 책을 읽으며 기분전환을 꾀한다. '정념'이나 '점철' 같은 단어의 뜻을 국어사전에서 찾아가면서, 때로는 흥분도 하면서.

"네, 정말 그래요!… 정말!… 정말 그래요, 플로베르."

📖 예민한 플로베르가 남긴 말, 말, 말 들

➥ 나는 파리의 등적부에 적힌 숫자만큼 내 인물을 창조해낼 수 있다.

➥ 한 줄도 쓰지 않는 하루는 없다.

➥ 신이여, 이 못난 인간의 사소한 실수도 용납하지 마시고, 그가 읽고 있는 글 속에서 완전히 탈진하는 기분을 허락하소서. 그를 문자적 인간이 되게 하소서.

➥ 행복한 사람에 대해 말할 때 그는 "행운을 타고 났다"고 말할 것. 사람들은 그것이 무슨 의미인지 모르고 이야기 상대자도 마찬가지로 모른다.

➥ 자기의 수수한 화장에 대해 변명하는 여자에게는 언제나 "단순한 것은 항상 좋은 미적 감각이죠"라고 말해야 한다.

그대, 첫사랑이 그리운 날

BOOK
이토록 뜨거운 순간
— 에단 호크

심야의 BGM

Say something
— A Great Big World &
Christina Aguilera

"모르겠어. 그냥…. 넌 날 기다리는 거 말고는 아무 일도 안 하는 것처럼 보여. 우리가 원하던 커플은 이런 게 아니었어. 그러니까 내 말은, 넌 너 자신을 가꾸고 난 나 자신을 가꿔야만 한다는 거야."

새벽 무렵 이소라, 윤상의 이별 노래를 듣는다. 날 한없이 울리던 슬픈 사랑 노래가 담담하게 방 안에 흐른다.

한창 대학 입시 공부에 몰두해야 하는 고등학교 교실, 쉬는 시간도 없이 공부하는 친구들과 달리 나는 지독하게 세련되지 못한 첫사랑을 앓았다. 그와 조금만 연락이 안 닿아도 그의 마음이 변한 것 같아 매일 같이 울었다. 내가 울 때마다 그는 자신이 무능력하게 느껴져서 괴롭다고 했다.

벌써 17년 전 일이 되어버린, 영화 〈봄날은 간다〉와 함께 영영 떠나가버린 첫사랑. "어떻게 사랑이 변하니?"가 "변하는 것이 사랑이지!"로 바뀐 어느 날, 그 아이와 주고받았던 편지, 전하지 못했던 편지, 손으로 꾹꾹 눌러 쓰던 일기장을 서랍 깊숙한 곳에서 꺼내 읽어본다. '그래도 나 너 많이 좋아했었다'로 끝나는, 추억이 되어버린 그 기록들이 수학문제집처럼 아무런 감정을 불러일으키지 않는다. 술만 마시면 나를 기다리고 있을 것 같던 그 사랑은 정말 사랑이었을까?

　첫사랑의 추억이 희미해질 때, 하루 종일 그 사람을 생각하며 상상 진동을 느낄 정도로 안절부절 휴대폰이 울리기만을 바라던, 그 설레던 감정이 도통 기억나지 않을 때, 배우이자 감독인 에단 호크의 《이토록 뜨거운 순간》을 읽는다. '빌어먹을, 차가운 심장(허수경 시인이 2011년 발표한 시집 제목)'이 그제야 반응을 한다.

　'아, 그래. 나도 그랬던 적이 있었지….'

　이런 회상은 밤이 아닌 낮에 하면 청승이 되어버리니 서둘러 소설 속에 나를 맡겨본다. 에단 호크의 분신이자 이 소설의 주인공 윌리엄은 '남 흉내내기'라는 특기를 살려 연기도 하고 연애도 하는, 한마디로 '몹쓸 녀석'이다. 진지함이라고는 눈곱만큼도 찾아볼 수 없는 이 녀석에게 어느 날 우연히 가수지망생 사라가 뛰어 들어온다.

　사라를 운명적인 짝으로 생각한 윌리엄의 감정은 철저히 독립적인 생활을 꿈꾸는 그녀로 인해 서서히 광기로 변해간다. 몇 초 간격으로 음

"울리지 않는 전화에 울지 않게 된 지금에서야
'시간의 힘을 믿으라'는 그들의 충고가 피부에 와 닿는다."

성메시지를 남기고, 집 앞에 찾아가서 소리를 지르고, 물건을 집어 던지고 급기야 자해도 해보지만 사라의 심장은 더욱더 차가워질 뿐이다.

그들만의 행복했던 순간은 그의 일상을 좀먹고 '다른 어떤 여자와도 결코 사랑을 이룰 수 없을 것 같다'는 결론에 이르게 된다. 이 대목에서 누구든 이런 생각이 들 것이다.

'이런, 지질한 놈 같으니라고….'

이별 후 어디를 가든, 무엇을 하든 모든 게 윌리엄을 울게 만들었다. 새벽만 되면 첫사랑의 전화번호를 기억하고 있는 손가락을 자르고 싶다고 울부짖던 내 모습이 오버랩 된다. 그럴 때마다 그를 만나기 전의 일들을 떠올려보곤 했다. 전에 나는 대체 뭘 하며 시간을 보냈던가.

하루 24시간, 매 순간순간, 내 머릿속을 어떤 생각으로 어떻게 채워야 하는가. 당장 달려가 매달리면 모든 것이 장난이었다고 말해줄 것만 같았다. 하지만 이미 마음을 접어버린 옛 애인만큼 나를 함부로 대하는 사람도 없다.

"난 예전에 다 겪어봤던 일이야. 한번 극복하고 나서 난 훨씬 더 강해졌고, 그 점 아주 감사하게 생각해"와 같은 윌리엄 친구의 충고처럼 내 친구들도 이 정도밖에 말해줄 수 없었다. 억지로 다른 남자의 품에도 안겨보았지만 그것만큼 앞서 했던 사랑을 신격화시키는 것도 없었다. 울리지 않는 전화에 울지 않게 된 지금에서야 '시간의 힘을 믿으라'는 그들의 충고가 피부에 와 닿는다.

'만남이 있으면 헤어짐이 있다'는 그 흔한 진리로 인해 우리는 모두 하나씩 첫사랑을 간직하고 살아간다. 철부지 윌리엄의 이별을 들려주는 저자는 '누구에게나 헤어지지 않으면 안 될 그런 때가 있다'는 것을 옆집 오빠처럼 다독이며 알려준다. 이 소설은 '한 녀석'이 고집불통인 여자를 만나 '한 남자'가 되어가는 과정을 날것 그대로 보여주는 성장소설이다. 아, 정말 미쳐돌아버릴 것 같은 감정이 잘 녹아 있는 책이다.

사랑이 집착이 되어버린 윌리엄에게 말해주고 싶다.

"이봐, 애송이. 세상 사람들이 모두 너에게 강해지라고 말할 테지만 난 너의 무너질 수 있는 자존심이 부럽다. 지금의 난 아주 재미없는 어른이 되어버린 기분이거든."

스무 살의 사랑, 그 처절한 울부짖음이 그리울 때면 나는 《이토록 뜨거운 순간》에 간다. (영화로도 나와 있으니 함께 보면 더 좋다.) 내가 조금 더 상처받기 쉬운 인간이 되었으면 좋겠단 생각이 든다. 오랜만에 옛날 그 번호로 전화를 걸어보고 싶다. 내가 한 번쯤 무너진다고 해서 세상이 무너지는 것은 아니기에.

새벽에 홀로 깨어 있고 싶을 때

BOOK
어둠의 저편
— 무라카미 하루키

심야의 BGM
Jealousy
— Pet Shop Boys

어느 때보다 하드보일드hard-boiled(원래 '계란을 완숙한다'는 뜻이지만 비정하고 냉담하게 현실을 묘사한 문학이나 영화를 일컫는다)한 한 주를 보내고 마주한 황금 같은 주말. 아침에는 새로 편집한 책의 언론사용 보도자료를 넘기고, 주말 내내 다운받아놓고 보지 못한 영화와 드라마만 보면서 내리 잠만 잤다. '물물교환'이라는 독특한 소재의 영화 〈타이페이 카페 스토리〉를 보고 난 뒤 추억이 묻어나는 물건들도 찾아보았다. 쓰다 만 일기장, '수학이 싫어. 야자 튀고 노래방 가고 싶다'로 도배된 교환일기장, 서태지와 아이들 앨범 포스터, 좋아하는 곡만 담아 구워놓은 시디들, 그리다 만 스케치북….

　그 옆에는 미처 책장에 꽂지 못한 채 쌓여 있는 책 기둥 속에 손때

묻은 소설책들이 두서없이 포개져 있다. 대부분이 일본소설이라는 점에서 이제는 내가 그것들을 잘 읽지 않는다는 것과 한때는 자주 읽었다는 것을 알 수 있다. 존경했던 한 대학 선배는 술만 먹으면 입버릇처럼 말했다.

"너에게 사람들이 많이 머무른 그 시절이 바로 '청춘'이야. 근데 너는 도서관에 처박혀서 소설책만 읽다 죽을 거냐."

그렇다. 나의 '청춘'의 중심엔 붉은 피가 도는 친구가 아닌 무채색의 무라카미 하루키만 있었다. 이제 다시 그를 이야기하자니, 나조차 식상하지만 그래도 그 시절을 추억하기에는 하루키의 소설만한 것도 없다.

그의 소설 《상실의 시대》속 나오코를 따라 '반만 말하는 인간'이 되어보기도 했고 미도리처럼 머리카락을 잘랐는데도 반응 없는 선배를 원망해보기도 했다. 실제 경험해 보지도 못한 주변인의 죽음에 가슴 아파해보기도 하고 《위대한 개츠비》《상실의 시대》에서 주인공 와타나베의 선배 나가사와는 "'위대한 개츠비'를 세 번 이상 읽은 사람이면 누구든 나와 친구가 될 수 있지"라고 말한다. 하루키 본인이 번역하여 일본에서 출간하기도 했다)를 기계처럼 세 번씩 읽으며 청춘을 허비했다.

만약 심야에도 영업하는 카페를 열게 된다면, 수많은 소설책 중에 가장 먼저 책장에 꽂아놓게 될 책도 아마 하루키의 《어둠의 저편》이 될 것이다. 깊고 깊은 밤에 대한 정경 묘사를 통해 기묘한 리얼리티를 품고 있는 소설이기 때문이다. 읽고만 있어도 내가 소설 속 밤, 그곳의 목격자

"소설 속 사건들은 그저 '픽션'이 아니라,
바로 '당신의 이야기'라고 말해주는 디테일이 살아 있다."

가 된듯한 기분이 든다. 밤이 되어도 "거리는 아직 충분히 밝고, 많은 사람들이 오가고 있다. 갈 곳이 있는 사람들, 갈 곳이 없는 사람들, 목적을 지닌 사람들, 목적을 지니고 있지 않은 사람들. 시간을 붙들어 매려는 사람들, 시간을 밀어내려는 사람들"로 가득하다. 거리의 풍경을 한참 동안 바라보다가 이내 책으로 시선을 돌리는 주인공의 모습이 그려진다.

소설은 오후 11시 56분부터 다음 날 오전 6시 52분까지 시간 순서대로 스토리가 진행된다. 스토리는 극히 단순하다. 서로 다른 이야기의 축인 '이쪽 세계'와 '저쪽 세계'가 교차되고 고양이, 단순 노동, 음식, 음악, 폭력 등 다양한 소재들로 채운 소설이지만《세계의 끝과 하드보일드 원더랜드》나《해변의 카프카》와 같은 (완성도 있는) 작품성은 없다. 하지만 하루키 특유의 묘사력(이 소설에서 특히 '영화적 기법'을 시도했다)이 돋보이는 작품으로, 누구나 한번 책을 잡으면 실제 하룻밤 만에 읽어버릴 만큼 흡입력이 있다.

무엇보다 기존의 하루키 소설과 달리 '보쿠(일본어로 '나'라는 뜻)'가 등장하지 않는 3인칭 시점의 소설이라는 점이 독특하다. 〈사랑손님과 어머니〉의 옥희와 같이 '신뢰할 수 없는 화자'가 아닌 '신뢰할 수 있는 인물'을 내세워 주제를 효과적으로 전달하고 있다. 그래서 소설 속 사건들은 그저 '픽션'이 아니라, 바로 '당신의 이야기'라고 말해주는 디테일이 살아 있다. "경영공학의 프로들이 세부적인 면까지 치밀하게 계산해서 완성했음직한 내부. 속삭이듯 낮은 소리로 흘러나오는 배경음악, 지침

서대로 정확하게 손님을 접대하도록 잘 훈련된 종업원들"이 매뉴얼대로 움직인다.

하루키가 묘사하는 '데니스(소설 속에 나오는 패밀리 레스토랑)' 같은 곳이 있었으면 좋겠다고 생각했다. 퇴근 후 혼자 식사와 차를 해결하면서 밤새 작업을 하거나 책을 읽을 수 있는 곳. 샌드위치나 케이크가 아니라 간단한 볶음밥이나 돈가스를 먹고 커피까지 한방에 해결할 수 있는 곳. 하지만 회사 주변과 집 근처에 그런 심야식당은 없다. 갑자기 두툼한 책을 읽고 있는 소녀, 소설 속 마리를 만나 아침 해가 뜰 때까지 이야기를 나누고 싶어졌다.

하루키만큼 세련되게 도시, 도시의 사람들, 도시의 프랜차이즈 가게들을 잘 표현하는 작가도 드물 것이다. 그 어느 때보다 외로움을 달랠 곳을 찾아 헤매는 도시인들에게 그의 소설은 깊은 위안이 된다.

'아, 나만 이렇게 외로운 게 아니었구나!'

그의 소설대로라면 혼자 술을 먹어도 사연 있어 보이고, 혼자 수업을 듣더라도 구차하지 않으며, 혼자 살아도 '이유 있어' 보인다. 오늘같이, 새벽에 혼자 깨어 있을 곳을 찾아 헤매고 싶은 날. 나는 《어둠의 저편》을 읽는다. 어딘가에서 벌어지고 있을 또 하나의 사건, 지금도 내 옆에서 일어나고 있는 그 익명성의 공포를 동반하는 트위터의 인기 요인과도 닮아 있는 '하루키 신드롬'은 그래서 '네버 엔딩 스토리'다. 그를 떠나 보내기엔, 이 도시는 너무 차갑고 헛헛하다. 기억이라는 연료가 떨어질 때마다 습관처럼 하루키 소설을 읽고, 나는 또 내일을 살아갈 힘을 얻는다.

평범한 행복을 거부하고 싶은 날

BOOK
보통의 존재
— 이석원

심야의 BGM
꿈의 팝송
— 언니네 이발관

"모든 것은 어느 날, 자신이 결코 특별한 존재가 아니라는 섬뜩한 자각을 하게 된 어떤 사건으로부터 비롯되었다."

밴드 '언니네 이발관'의 보컬, 이석원의 작가 프로필은 고작 이 문장 하나다. 샛노란 표지에 '보통의 존재'라는 글자가 덩그러니 놓여 있다. 《보통의 존재》는 회식자리에서 술 취한 선배가 읽어보라며 건네준 책이었다. "이게 진짜 살아 있는 원고야"라는 말과 함께.

그 뒤로 밤마다 조금씩 읽었는데 '이별한 남자의 일기장'이 남긴 후유증은 생각보다 오래갔다. '아, 이 남자 진짜 징글맞다'라는 생각이 들면서도 밤마다 또 빠져들게 되는 그 무서운 중독성에 한동안 불면증에 시달렸다. 잠들 수 없게 만드는 책이니, '행복이 가득한 날'에는 멀리 떨어뜨려 놓기로 다짐까지 하며 읽었던 책이기도 하다.

평소에 '언니네 이발관'의 음악을 즐겨 듣던 사람이라면 이석원의 차가운 감성에 익숙할지 모른다. 그러나 이 책을 읽기 전 그들의 음악을 한 번도 들어본 적이 없었던 나는 한 꼭지 한 꼭지 읽을 때마다 무너졌다. 그는 감정을 촌스럽게 드러내지 않으면서 사람의 마음을 흔드는 묘한 재주를 가지고 있다.

딱히 급한 일이 없어서 '도로에서 가장 느리게 달리는' 남자는 고독하지 못해 고독한 사람이다. 그래서 사생활과 사생활의 결합이라고 할 수 있는 결혼의 늪을 너무나 진하게 표현해놓는다. '모든 비밀이 없어졌을 때, 상대의 신비로움도 사라져버리고 말았다'는 섬뜩한 진실을 여러 번 언급하는 이 남자가 조금 밉기까지 하다.

'아직 자세히 알고 싶지 않은데, 그래도 사랑하는 사람과 함께 공유하는 일상이 얼마나 아름다운데 ….' 이런 말들을 입 속으로 삼키며 이 남자의 일기장을 다시 천천히 읽는다.

《보통의 존재》와 나는 한마디로 애증의 관계라고 할 수 있다. 애초에 혼자 사는(살 것 같은) 남자의 일기장에서 어떤 위로나 위안을 받으려고 했던 것이 잘못이었는지도 모른다. 특히 이 남자, '징하게' 예민하다. 그리고 사랑받는 공개 일기 작성법을 알고 있다. 읽는 내내 우울했다면, 그의 글쓰기 의도가 제대로 맞아떨어진 것이다.

평범한 행복을 막는 시선과 사건들이 책 곳곳에 포진되어 있다.

"생활은 곧 보고 싶지 않은 것을 보고,
하고 싶지 않은 것도 해야 한다는 것을 의미한다."

'데이트를 한 후에도 쭉 같이 있다가 나중엔 데이트 자체가 없어지는 것. 그게 바로 결혼이다'와 같이 무시무시한 정의도 가득하다. 데이트라는 개념이 없어지는 남녀의 관계라…, 무섭지 않은가?

누구나 "결혼은 생활이다"라는 말을 한다. 생활은 곧 보고 싶지 않은 것을 보고, 하고 싶지 않은 것도 해야 한다는 것을 의미한다. 왜 그렇게 어두운 면만 보냐고 하지 마라. 그래도 그는 끝까지 희망을 이야기하려고 애쓴다. '영원한 사랑을 이야기하는 것은 사기다. 그러나 이 시대엔 어쩌면 세련된 사기꾼이 필요한지도' 모르기 때문이다.

경고! 이 책을 한꺼번에 읽는 것은 위험하다. 아직 할 말이 남아 있을까 싶게, 생의 진실을 이 한 권의 책에 차곡차곡 담았기 때문이다. 감정의 과잉을 막기 위해 밤마다 한 꼭지씩 읽고 자는 것을 추천한다.

사랑의 느낌표를 찾아서

BOOK
오라, 거짓 사랑아
— 문정희

심야의 BGM
Hang On To Your Love
— Sade

시집의 제목부터 이야기해야겠다. '오라, 거짓 사랑아.' 동명의 시를 시집 속에서 찾는다. 하지만 없다. 둘째 장의 부제일 뿐. 시인 문정희가 말하는 거짓 사랑의 파편들이 궁금해진다.

　시인은 시 속에서 다소 위선적으로 살고 싶다고 말한다. 적당히 불순한 것이 필요하다고 말한다. '지루한 세상에 불타는 구두를 던져라'라고 외치는 신현림도 있고 '서른, 잔치는 끝났다'라는 섹시한 화두를 던지는 최영미도 있지만 이 시집은 앞선 두 시인의 '그것'과 비슷하면서 다르다. 신현림보다 덜 독하고 최영미보다 덜 파격적이다.

　깊이 들어갈수록 빠져 나오기 힘든 것이 늪의 습성만은 아닌 것 같다. 우리가 수천 번 발음하는 사랑은 깊이 생각할수록 희미해져서 보이

"진실과 사실의 차이를 밤낮으로 고민해봤자
결국 거짓만이 분명해지는 것이 사랑일지도 모른다."

지 않는다. 우물에 빠진 돌멩이보다 어둡다. 세상을 제3의 눈으로 바라보는 시인은 "사랑은 그저 만나는 것"이라고 말한다.

언제쯤 시인같이, 농담처럼 가볍게 사랑을 보낼 수 있게 될까. 한 번의 발걸음을 내딛고, 대장간에서 만드는 것은 칼이 아닌 불꽃이라는 사유를 이끌어내는 시인의 '거짓 사랑론'을 찬찬히 들여다본다. 그래, 칼처럼 남겨진 상처보다 불꽃처럼 상처를 만들어내는 그 열정의 순간이 진짜 사랑이다. 진짜 사랑을 위해 거짓 사랑쯤은 유쾌하게 받아들이자. "소금처럼 짭짤한 외로움"을 달게 겪어보자.

이 밤, 거추장스러운 사랑의 윤리, 이별의 철학, 관계의 진리 같은 무거운 담론 따위 벗어두고 알몸으로 돌아다녀도 창피하지 않을 자의식만을 남겨두고 싶다. 세상에 서로 시인이라 외치는 이는 많고 "오빠!"라고 부르면 사랑해주겠다고 달려드는 실없는 사내도 넘쳐난다. 진실과 사실의 차이를 밤낮으로 고민해봤자 결국 거짓만이 분명해지는 것이 사랑일지도 모른다.

이 시집의 마지막 시, 〈내가 세상을 안다고 생각할 때〉를 노트에 적어둔 적이 있다. '정작 연애보다는 사랑한다는 말을' 더 좋아하는 나는 시를 배불리 읽고 거짓뿐인 사랑 따위 두렵지 않다고 너스레를 떤다. 그러고는 다음과 같은 감상평을 남긴다.

'피만큼 따뜻하고, 살만큼 부드럽고, 뼈만큼 단단한 시집을 만나 필생의 독서를 마친다.'

단단한 언어의 집이 있어 든든하다. 시인과 마찬가지로 '나를 키운 고향은 책'일지도….

그 어떤 것에도
열정을 느낄 수 없는 날

BOOK
그리고 아무 말도 하지 않았다
— 전혜린

심야의 BGM
Kate Moss
— Maximilian Hecker

'나의 지병인 페시미즘을 고쳐줄 사람은 너밖에 없다. 생명에의 애착을 만들어줄 사람은 너야… 장 아제베도! 내가 원소로 환원하지 않도록 도와줘! 정말 너의 도움이 필요해'라는 편지를 남기고 떠난 불꽃같은 여자, 전혜린. 쓰고 읽고 배우고 가르치며 어떻게든 격정적으로 뜨겁게 살고 싶어 했던 그녀의 삶을 통해 나는 알 수 없는 서늘함을 느끼곤 한다.

한 번도 가본 적 없는 독일, 그리고 그녀가 살았던 뮌헨 북구의 슈바빙. '슈바빙적'이라는 말 속에 포함된 자유, 청춘, 모험, 천재, 예술, 사랑, 기지 등의 단어는 곧 32세의 나이로 요절한 지식인, 전혜린을 가리키는 수식어이기도 하다. 한때 내가 사랑했고, 문학도들의 우상이었던 그녀는 훗날 친일파 아버지에 대한 논란에 휩싸이면서 그녀의 작품 역

"모든 플랜은 그것이 미래의 불확실한 신비에 속해 있을 때에만
찬란한 것이 아닐까? 이루어짐 같은 게 무슨 상관 있으리오?"

시 '부잣집 장녀의 배부른 푸념'으로 격하되기도 했다. 그러나 그녀가 남긴 두 권의 유고집은 천재적인 감수성이 돋보이는 걸작임에 틀림없다.

그녀는 타성에 젖은 생활, 자신에 대한 호기심의 고갈, 과거에 대한 냉담과 비감상주의, 미래에 대한 강렬한 흥미의 결여 등을 경멸했다. 그렇기 때문에 보다 모험적으로 행동하고, 지성적으로 정신을 날카롭게 하고 싶은 밤에는 전혜린 유고집《그리고 아무 말도 하지 않았다》와 같은 책을 준비하고 자리에 눕는다.

나는 그녀를 통해 루이제 린저, 릴케, 루 살로메, 토마스 만, 헤르만 헤세를 (다시 새롭게) 읽었다. 또한 그녀는 사랑받고 싶고, 인정받고 싶은 본능을 실존적으로 정의해주었으며 레지스탕스, 변증법, 당위(철학에서 '졸렌Sollen'이라는 독일어로 많이 쓰이며 인간으로서 마땅히 해야 하는 도덕 관념을 의미함), 나르시시즘, 자아의 의미도 진지하게 성찰할 수 있게 해주었다. 그녀의 신경세포, 감각세포 하나하나가 이국적인 단어와 문장을 타고 들어와 나의 '정신적 고향'이 되었다.

모두를 경악하게 할 만큼 예리한 두뇌를 가졌으며 '괴로워하는 일, 죽는 일도 다 인생에 의해서 자비롭게 특대를 받고 있는 우선권자들만이 누릴 수 있는 사치스러운 무엇일 것 같다'고 쓴 그녀는 왜 어린 딸을 두고 자살해야만 했을까?

그녀의 유고집들에는 전반적으로 죽음의 그림자가 드리워져 있다. 지인들의 증언에 따르면 그녀는 중학교 때부터 '절대로 평범해져서는 안 된다'는 좌우명을 가지고 살았고, 죽는 날까지 "존재에 앓고 있다"는 말을 종종 했다고 한다. 그리고 가장 자주 입에 올린 단어가 바로 '권태'와 '광기'였다. 평범하려야 평범할 수 없었던 독일 유학을 마치고 돌아와, 아이를 낳고 강단에서 학생들을 가르치는 지극히 평범한 자신의 삶을 끊임없이 비관했다. 그녀에게 광기 잃은 생활은, 곧 죽음을 의미했다.

1950년대에 여성으로서는 드물게 서울대 법대를 다니고 독일로 유학까지 갔던, 남부러울 것 없어 보이는 한 여자의 자살은 그래서 더욱 신화처럼 남아있다. 그녀가 절절히 묘사해놓았던 '촌음을 아끼고 인식에 바쳐지는 정열 가득한' 뮌헨 대학생의 세계 또한 동경의 대상이 되었다. 그 신화에 동참했던 이들은 모두 그녀를 열정 그 자체로 기억할 것이다. (사실 그녀에게 일시적인 가난이 재미있었던 것은 그녀가 실제로 가난하지 않았기 때문이었다는 것을 늦게 깨달았다.)

언제든 보고 싶을 때 바로 볼 수 있게 책상 위에 꽂아놓은 전혜린 유고집은 잃어버린 대학 시절을 추억하게 만든다. 무엇 하나 제대로 하는 것도 없이 책만 읽던 가난한 계절에 그녀가 읽은 책, 쓴 문장, 맡은 공기 모두가 신비로웠다. '하루에 책을 한 줄도 안 읽는 사람과는 말도 섞고 싶지 않다'고 했던 당시 나의 무시무시한 폐쇄성도 그녀가 남긴 자국이다. 특히나 학부생들의 사치, 허위, 소극성, 아첨, 비굴함, 수다, 무지함 (도서관 근처에도 안 가봐서 책을 대출하는 방법도 모르는 애들이 태반이었다) 등등에 혼자 지쳐 있던 때라 더욱 그녀와의 정신적 교류가 간절

했는지도 모른다. 가난도 패션이 될 수 있다는 실존적 성질을 그녀에게 부여받고 그때는 그렇게 당당히 맨 얼굴로 캠퍼스를 누빌 수 있었다.

문학이나 철학책이 아니면 쳐다보지도 않고 속물과는 조금도 타협하려 들지 않았던 그 팽팽한 오만함을 떠올리며, 이 깊은 밤 나는 다시 '고뇌하는 철학자'가 되어본다.

"모르는 곳에 존재하고 싶은 욕구"가 다시 샘솟는 것 같다.

여전히, 시도 때도 없이 '내가 지금 여기서 무얼 하고 있는가?'라는 정답 없는 질문에 좌절하지만 전혜린과 함께라면 '이 모든 괴로움을 또다시(1968년에 발표한 전혜린의 에세이집 제목이기도 하다)' 겪어도 좋다. 아직 젊고 할 일은 많으니 '지치도록 일하고 노력하고 열기 있게 생활하고 많이 사랑하고, 아무튼 뜨겁게 사는 것', 그 외에는 방법이 없어 보인다. 그녀의 글들이 자기만의 위험한 탐닉에 불과하단 생각도 들지만, 그녀를 만나고 나서 '정신적으로' 치열한 삶에 더 집착하게 된 것만은 분명하다.

📖 불꽃처럼 살다간 광기 어린 천재, 전혜린이 남긴 말들
➥ 남에게 보여서 부끄러운 사랑은 마약 밀매상적인 요소가 있다. 그것은 없느니만 못하다. 대낮을 견딜 수 있는 사랑이라야 한다.
➥ 사랑하는 사람의 최고의 행복은 개성의 발휘가 아니라 상실 속에 있는 것이다.
➥ 무엇보다도 자기의 감정과 이성과 신경에게 충실할 것, 순간마다 충실할 것, 그것 이외에 우리가 자아에 이를 수 있는 길은 없다.

04

읽다 보면
혼자가 아닌 날이 많다

가슴 뜨겁게 취하고 싶은 날

BOOK
달과 6펜스
— 서머셋 모옴

심야의 BGM
What Else Is There?
— Röyksopp

여기, 몸집이 아주 큰 사내가 하나 있다. 작은 눈과 보기 흉할 정도로 큰 코에 면도를 하지 않아 붉은 수염으로 더부룩한 턱을 가졌다. 그는 안정적인 직장과 사랑스러운 아내, 두 아이를 둔 한 가정의 가장이다. 17년간이나 말끔한 주식중개인으로 살았다. 하지만 어느 날, 편지 한 장을 남기고 파리로 도망친다. 그리고 죽을 때까지 이름 없는 화가로 살며 그림을 그린다.

"나는 과거를 생각하지 않소. 나에게 중요한 것은 다만 영원한 현재뿐이오."

6펜스(물질)를 버리고 달(환상)을 찾아 떠난 사내, 찰스 스트릭랜드. 그는 《달과 6펜스》의 주인공이자, 무엇이든 미치고 싶을 때 항상 생각나는 인물이다. 나와 같은 교복을 입고 같은 꿈을 꾸었던 친구들이 사회에 나와, 나보다 두어 걸음은 앞서 걸어가고 있는 듯한 느낌이 들 때면 그를 찾게 된다. 나는 어쩌다 이런 삶을 선택하게 된 걸까? 왜 항상 남을 이기고 싶었을까?

나이 사십에 단지 그림을 그리고 싶어서 모든 것을 버리고 집을 나온 이 사내를 만난 건 내 나이 스물한 살 때였다. 한창 천편일률적인 문학 수업에 염증이 나 있었다. 겨우 이런 걸 배우기 위해, 새벽 다섯 시까지 머리에 쥐가 나고, 새끼손가락이 닳도록 공부해 대학에 왔단 말인가. 담임선생님한테 따귀까지 맞아가며 첫사랑을 포기했단 말인가.

한마디로 그때는 대학교에 가기 싫었다. 매일매일 빚을 지고 있는 기분이 들었다(실제로도 돈이 없었다). 진주빛 광채가 가득했던 유년기에는 책 한 권 제대로 읽지 않고도 시간은 유리알처럼 잘만 굴러갔다. 하지만 '존재의 슬픔'을 알게 된 후 시간이 더디기만 해서 무엇에든 취하고 싶었다.

당시의 나와 비슷한 또래인 소설 속 '나'는 찰스에게 묻는다. "가령 당신이 앞으로 아무리 애를 써도 결국 삼류화가로 그친다면, 그래도 모든 것을 포기할 만큼 보람이 있었다고 생각하시겠습니까?"

그의 대답은 간단하다.

"정말 당신은 지독한 바보로군. 나는 그리지 않고는 못 견디겠다고 하지 않았소. 이 마음은 나 자신도 어쩔 수 없는 거요. 물에 사람이 빠졌

118

"오늘 밤은 달이 유난히 밝아 과거를 생각할 필요도,
미래를 걱정할 필요도 없구나."

을 때 헤엄을 잘 치고 못 치고가 문제가 되겠소? 어떻게 해서든지 물 속에서 빠져 나와야 하고 그렇지 못하면 그대로 죽는 것이 아니겠소?"

이 대화의 마지막을 읽고 가슴이 두근거리던 그해 봄이 생각난다. 보름달 없는 하늘은 어두웠지만 순간 마음속에 꺼진 가로등들이 하나씩 켜지는 기분이 들었다. 진정 붉은 피가 도는 사람을 만난 것 같았다. 타협을 모르는 열정이라니…. 나는 그에게 불가항력적인 애정을 느꼈다.

그에게는 자신의 마음속에서 일어나는 것, 그 이외의 것은 일체 아무것도 보이지 않았다. 위트 하나는 둘째가라면 서러울 저자, 서머셋 모음의 표현에 의하면, 그는 사랑을 하기에는 지나치게 위대한 동시에 지나치게 왜소한 사람이다. 소설 속 작가인 '나'는 야만성(관능미)을 지닌 스트릭랜드를 증오하는 동시에 동경한다. 스트릭랜드에게 배신당하고도 말로 표현할 수 없는 아름다움 앞에서 복수심마저 타들어가는 천치, 스트로브처럼….

수많은 책들에 기대어 사는 나는 나를 키운 모든 책들을 동경하는 동시에 증오한다. 특히《달과 6펜스》는 황홀경에 빠진 후 한동안 아무것도 볼 수 없는 것처럼, 그 어떤 언어로도 표현할 수 없을 것 같아서 가장 마지막에 글로 남기고 싶었다.

프랑스 화가 폴 고갱을 모델로 한 이 소설은 서머셋 모음의 상상력과 마력 있는 문체로 고갱이 아닌 스트릭랜드, 그 인물 자체에 빠져들게 만든다. 예술, 그 경이로운 환상을 이 사내를 통해서 배웠다고 해도 과언

이 아니다. 미칠 수 있는 자유와 영원한 현재를 선물해준 멋진 소설이다.

　이런 책을 읽고 글을 쓰고 있는 자체로 나는 한순간 예술가가 된다. 남들보다 두 걸음 뒤쳐져 걸어도 상관없다. 나는 나 나름대로의 페이스를 지키면 그만이다. 오늘 밤은 달이 유난히 밝아 과거를 생각할 필요도, 미래를 걱정할 필요도 없구나. 6펜스를 버리고 달을 좇아 사는 삶이야말로 예술이 아닐까.

세상에 혼자 버려진 것
같은 기분이 들 때

BOOK
서울 1964년 겨울
— 김승옥

심야의 BGM
Hands, Be still
— Olafur Arnalds

정말로 혼자 있고 싶지 않은 토요일이었다. 약속도 취소되고 몇 안 남은 지인들에게 전화를 걸어 시간 있냐고 물었지만 저마다의 이유와 핑계로 나를 받아주지 않았다. 나중엔 전화라도 받은 게 어딘가라는 생각까지 들었다.

　　꼭 이런 날엔 집이 감옥처럼 느껴져서 동네 슈퍼라도 나갔다 와야 직성이 풀린다. 떡볶이 재료를 사와서 푸짐하게 해 먹었는데도 허기가 진다. 억지로 없는 약속을 만들려고 하니 더욱 비참해졌다. 그래서 혼자만의 시간을 씩씩하게 보내야겠다는 각오로 요리사도 뽑고 디자이너도 뽑고 모델도 뽑는 케이블 프로그램을 의미 없이 돌려보다가 텔레비전을 끄고 결국 책장 앞에 섰다. 음악을 크게 틀고 책이나 읽으면서 밤이 어두워지기를 기다리기로 했다.

이렇게 세상에 혼자 버려진 것 같은 기분이 들 때, 내가 자주 찾는 소설가는 '감수성의 혁명가'라 불리는 김승옥이다. 그의 소설은 대부분 육칠십 년대를 배경으로 하고 있다. 거의 모든 문인이 김승옥의 대표작으로 꼽는, 여기저기서 소개되면서 이미 많이 '소비'된 작품인《무진 기행》을 비롯하여《서울 1964년 겨울》속에는 놀랍게도 2000년대를 사는 우리 도시인의 자화상이 고스란히 담겨 있다. 이 소설을 읽으면 밤거리를 헤매고 다니느니 방구석에 있길 잘했다는 생각이 드니까 오늘같이 외출병이 도진 날에 제격이다.

차가운 바람이 펄럭거리는 어느 선술집, 세 명의 사내가 앉아 있다. 부잣집 장남에 대학원을 다니고 있는 안安 씨와 대학은 구경도 해보지 못한 구청 병사계 직원인 '나', 그리고 서른대여섯 살쯤 된 정체 모를 가난뱅이 사내까지가 바로 그들이다.

소설《서울 1964년 겨울》은 이렇게 서로가 서로에 대해 잘 모르면서도 함께 술을 마시고 헛소리를 주고받으며 밤거리를 쏘다니는 '시간이 남아도는 사람들'의 이야기다. 1950년대의 엄숙주의를 벗어나서 현대인의 속물근성과 비애를 소설 전면에 다루면서 김승옥은 일약 스타 작가가 된다. 그의 대표작답게 소설은 '모든 욕망의 집결지'인 서울의 맨얼굴을 적나라하게 보여준다.

자기소개가 필요한 초면이지만 "꿈틀거리는 것을 사랑하냐"는 안

"슬픈 것이든 기쁜 것이든 그것을 바라보는 사람을 작가로 만
들어버리는 밤의 도시는 낮보다 활기차 보일 때가 있다."

씨의 질문에 시골 출신인 '나'는 음탕하게도 사관학교 낙방 후 아침마다 만원버스 안에서 젊은 아가씨들의 살에 몸을 대거나 아랫배를 관찰한 경험을 늘어놓는다. 꿈틀거리는 행위는 데모같이 의미 있는 활동이어야 한다고 생각하는, 가방끈 긴 안 씨는 그의 음담패설에 동조해주지 않는다. 침묵이 흐르던 술자리의 대화는 자연스럽게 또 다른 농담 따먹기로 넘어간다.

〈감자〉, 〈영자의 전성시대〉, 〈겨울 여자〉 등 다수의 영화 시나리오 작업에도 참여했던 작가라서 그런지 소설 속 대화는 살아 있다. 물처럼 흘러가던 대화는 돈을 대신 내주겠다고 나서는 제3의 사내가 등장하면서 분절된다. 슬거움이 넘치고 넘친다는 얼굴로 달려들어도 합석하기 힘든 술자리에서 그는 세상 근심은 모두 지고 있는 듯한 표정을 하고 있다. 안 씨와 '나'는 불안해지기 시작한다. 하지만 돈이 넘쳐난다는 사내의 말에 솔깃해진 둘은 그와 밤거리를 동행하게 된다. 단순히 밤을 즐기러 나온 스물다섯 살의 두 청년은 아내의 사체를 팔아 생긴 돈으로 자신들의 밤을 책임져주겠다는 이 사내를 어떻게 뿌리칠지 기회를 엿본다. "벽으로 나누어진 방들." 그것이 그들이 들어가야 할 곳이었다.

머리에서 마음까지 가는 길이 가장 멀다 했던가. 그들 사이의 거리가 좁혀질 수 있었던 것은 익명성이라는 도시의 안전장치 안에서만 가능했던 임시방편이었다. 어두워진 밤, 고상하게 사물을 관찰하거나 하숙방에 처박혀 있는 것보다는 낫다는 이유로 나와 돌아다니는 청년들은 그저 하룻밤 신나게 떠들다가 "자, 그럼 다음에 또 …"라는 기약 없는 인사를 나누고서 각자의 방에 돌아가 잠이나 자고 싶을 뿐이다. 그런데 자신의 슬픔을 남과 나누고 싶어 하는 뜻밖의 복병을 만났으니 골치 아플 수밖에.

잿빛 도시의 따뜻한 비극을 꿈꾸는 사람이라면 모두가 이 소설의 마지막을 부정하고 싶을 것이다. 하지만 시대를 앞서 갔던 김승옥의 시니컬한 문체는 사람 대신 괴물을 보는 재미와 '당신과 나의 속물근성'마저 감수성으로 포장하는 능력을 발휘해 독자들을 끌어들인다.

우리 모두 저마다 슬프지 않은 사람은 없다. 그 슬픔을 나누고자 하는 순간 비극은 시작된다. 종교적 계시를 체험한 후 절필해서 더욱 안타까운 김승옥을 그래서 밤마다 초대해 맥주나 한잔 하자고 조르는지도 모른다. 이어령 선생님처럼 호텔방을 잡아놓고 감시하며 글쓰기 작업을 시킬 능력은 없고 내가 할 수 있는 일은 그저 잊지 않고 계속 읽는 것뿐이다.

낮엔 그저 스쳐 지나가던 모든 것이 밤이 되면 자신들의 벌거벗은 몸을 드러내놓는다. 작가는 "추억이란 그것이 슬픈 것이든지 기쁜 것이든지 그것을 생각하는 사람을 의기양양하게" 만든다고 말한다. 슬픈 것이든 기쁜 것이든 그것을 바라보는 사람을 작가로 만들어버리는 밤의 도시는 낮보다 활기차 보일 때가 있다. 이 소설은 그 날조된 활기참을 한 방에 날려버리고 서울에서 상처받지 않고 사는 법을 한 수 가르쳐준다.

스마트폰이 오락기가 되어버린 오늘, 시종일관 출세한 촌놈의 의식 분열을 다루는 '병든' 작가에게 위로를 받았다. 아무 데도 갈 곳이 없어 슬펐지만 이 소설을 읽은 후 멀리서 차분히 사물을 바라보는 기쁨을 누렸다. 아마 뛰쳐나갔다면 아무 술자리나 껴서 남자(여자) 얘기나 돈 얘기를 지껄이다 왔을 것이 분명하다. 그 시끌벅적한 모임을 파한 후 집으로 돌아오는 길은 눈물이 핑 돌 만큼 외로웠을 것이다. 집에 가기 위해선 모두가 다른 버스를 타고 각자의 방에 돌아가 잠을 잔다. 모두가 한 방에 잘 수 있다면 그 외로움은 줄어들까? 아무도 익명의 사내의 슬픔을 나눠 가지지는 못했다. 내 고질적인 외로움 또한 그랬을 것이다. 짐작 가능한 일이 있어서 정말 다행이다.

📖 김승옥에게 배우는 서울에서 상처받지 않고 사는 법

➥ 해질녘 밖에 오래 머물지 않는다. 특히 불구경은 하지 않는다.

➥ 주말엔 억지로 약속을 만들지 않는다.

➥ 출퇴근길 버스나 지하철 안에서 이성을 바라만 봐야지 만지면 안 된다.

➥ 혼자 있고 싶지 않다는 사람을 혼자 두는 것은 중죄다.

➥ 세 끼 중 한 끼는 꼭 따뜻한 집밥으로 챙겨 먹는다.

➥ 밤엔 쉽게 동정을 사거나 팔지 않도록 한다. 타인더러 자고 가라고 애원하지 말자.

➥ 누구나 외롭게 일한다는 것을, 아이돌 음악을, 연예인의 자살을, 친구의 자아도취를, 애인의 이기심을 긍정하기로 하자.

아무것도 생각하기 싫을 때

BOOK
이방인
— 알베르 카뮈

심야의 BGM
La Femme D'argent(inst.)
— Air

"오늘 엄마가 죽었다. 아니 어쩌면 어제. 양로원으로부터 전보를 한 통 받았다. '모친 사망, 명일 장례식, 경백 敬白.' 것만으로써는 아무런 뜻이 없다. 아마 어제였는지도 모르겠다."

이렇게 무미건조하게 시작하는 소설이 있다. 노벨 문학상을 수상하고 교통사고로 아쉽게 생을 마감한 알베르 카뮈의 출세작,《이방인》의 첫 부분이다.

어머니의 죽음, 살인, 사형을 다루고 있는 이 소설을 읽을 때 나는 살벌한 피 냄새 대신 지중해의 따스한 온기를 느낀다. 그건 아마도 소설 속에서 잊을 만하면 등장하는 태양 혹은 햇빛 때문일 것이다. "방 안에는 저물어가는 오후의 아름다운 빛이 가득했다. (…) 햇빛이 내 발을 뜨겁게 비추기 시작했다. (…) 뜨거운 햇볕에 나는 마치 따귀라도 얻어맞은 것 같았다"와 같은 문장들이 가득 나온다. 따뜻한 남쪽 나라에서 노년을 보내고 싶은 나에게 안성맞춤인 소설이다.

몸은 무척 피곤한데 잠은 오질 않고 아무것도 생각하기 싫은 날, 토닉워터를 넣은 앱솔루트 Absolut 보드카를 한 잔 마시고《이방인》을 '아무 생각 없이' 읽는다. 철저히 감정이 배제되고 배경 묘사와 관념뿐인 이 소설을 읽으면 '사고할 수 없다'는 무력감에서 벗어나게 된다.

카뮈의 쇠 같은 문체는 군더더기 없고 청결해서 읽으면 그저, 문장 속에서 눈을 감고 싶어진다. 밤이면 으레 지니게 되는 머릿속 상념은 사라지고 오직 햇볕과 침묵만 남는다. 그리고 담배를 물고 카메라를 응시하는 카뮈의 주름진 얼굴이 떠오른다.

《이방인》의 주인공, 뫼르소는 (햇볕이 내리쬐는 곳의) 돌이나 바람이나 바다처럼 거짓말을 할 줄 모른다. 물론 그는 '어머니가 사망한 바로 그다음 날에 해수욕을 하고, 부정한 관계를 맺기 시작했으며, 희극 영화를 보러 갔다' 그리고 '태양이 눈부셔서' 아랍인을 총으로 쏘아 죽인 범죄자다. 우린 삐딱하게 아름다운 사르트르의 해설 없이는 뫼르소를 이해하지 못할 수도 있다. 사르트르는 그가 무죄라고 주장한다.

뫼르소는 단지 서로 할 말이 없어서(그래서 그의 어머니는 많이 외로워하셨다), 그리고 돈이 없어서 어머니를 양로원에 보낼 수밖에 없었다. 어제 그의 어머니는 죽었고 그는 80킬로미터 떨어진 양로원에 가 밤

"그저, '이해할 수 없음'을 이해하며
 잘 마시지도 못하는 술을 앞에 두고
 그를 마시다 보면 저절로 이해하게 될 것이다."

샘을 하고 문지기가 권하는 밀크커피를 맛있게 마셨다. '일요일이 또 하루 지나갔고, 어머니의 장례식도 이제는 끝났고, 내일은 다시 일을 시작해야 하겠고, 그러니 결국 달라진 것은 아무것도 없다는 생각'을 했을 뿐이다. 그리고 친구를 단도로 찌른 사람을 총으로 쏘았다.

카뮈는 이런 어처구니없는 '이방인'을 역설적으로 인정하며 이렇게 요약한 바 있다. "우리 사회에서 자기 어머니의 장례식에서 울지 않은 사람은 누구나 사형 선고를 받을 위험이 있다." 사회가 요구하는 '놀이'에 동참하지 않은 죄, 사랑하지 않기 때문에 사랑한다 말하지 못하는 죄. 남들처럼 야망을 품지 않은 죄. 이 모든 것이 그의 죄목이었다.

뫼르소이 언기할 줄 모르는 그 성정도 문제였다. 페레(어머니의 남자친구)처럼 마치 꼭두각시가 쓰러지듯 기절할 정도는 아니어도 눈물을 훔치는 모습을 보여주었다면 그는 무죄 판결을 받을 수 있었을지도 모른다.

하지만 죽기 직전에 약혼자까지 만들고 간 어머니를 뫼르소만큼 이해한 사람도 없을 것이다. 순진할 정도로 우직한 이 사형수의 위트는 구원해주겠다고 달려드는 형무소 부속 사제와의 대화에서 꽃을 피운다. 사제는 "이 모든 돌들은 고통의 땀을 흘리고 있습니다. 나는 고뇌 없이 이것들을 바라본 적이 없습니다. 그러나 나는 마음속 깊이, 당신들 중의 가장 비참한 사람일지라도 이 돌의 어둠으로부터 하느님의 얼굴이 나타나는 것을 보았다는 사실을 알고 있습니다"라고 그를 타이른다.

이런 사제의 말에 대한 뫼르소의 다음과 같은 반응을 찬찬히 읽어 보면 그가 '이상스러운 사람이어서' 사랑한다는 여자친구 마리처럼 저절로 그를 긍정하게 될지도 모른다. "나는 여러 달 전부터 그 벽을 들여 다보고 있다고 말했다. 이 세상에서 그 어느 것에 대해서도, 그 누구에 대해서도 나는 그보다 더 잘 알지는 못할 정도였다. 오래전에 나는 거기 에서 하나의 얼굴을 찾아보려 했었던 것 같다. 그러나 그 얼굴은 태양의 빛과 욕정의 불꽃을 담은 것이었다. 그것은 마리의 얼굴이었던 것이다."

아무도 그의 어머니의 죽음을 슬퍼할 권리는 없다. 더불어 아무도 그의 죽음을 구원해주지 못한다. 사르트르도 이렇게 말했다. "신은 존 재하지 않으며 인간은 반드시 죽는 것이므로 모든 것이 허락되어 있다." 그는 그저 상상력을 총동원하여 자신을 행복하게 해주었던 아침들, 저 녁들, 요지부동의 정오의 시간을 떠올릴 뿐이다. 인생이 다 끝나갈 때 '세계의 정다운 무관심'에 마음을 열고 있는 이 청년은 단두대 앞에서 많은 사람이 자기를 증오해주길 기다리고 있다. 생각에 치여 머리가 복 잡한 날, 이렇게 반듯하고도 부조리한 《이방인》은 지성 따위는 개입할 틈을 주지 않는다.

당신도 이방인. 나도 이방인. 세상은 아닌 것처럼 연기하고 있지만 결국 또 다른 '현재'에게 자리를 내 주어야 하는 이방인이다. 사실 부조 리, 실존주의, 노벨 문학상, 레지스탕스 등 카뮈를 수식하는 무거운 말 들은 이 작품을 감상하는 데 가장 무의미하다. 이러한 수식어는 작가에게 태그를 붙여야 살아남는 학자들의 몫일 것이다. 그저, '이해할 수 없음'을 이해하며 잘 마시지도 못하는 술을 앞에 두고 그를 마시다 보면 저절로 이해하게 될 것이다.

알베르 카뮈의 《시지프 신화》,《안과 겉》,《결혼·여름》 등의 에세이는 〈GQ〉 칼럼보다 섹시하며 《이방인》,《전락》,《페스트》 같은 소설은 초현실주의 그림처럼 잔인할 정도로 아름답다. 가난과 햇빛으로 다져진 카뮈의 구릿빛 문장은 문학적이라기보다는 기계적이다. 모두 그의 성실성 때문이다. 적어도 이 글을 쓰고 있는 순간에 나는 《이방인》 외에 다른 생각이 떠오르지 않았다. 이제 내일의 햇볕을 받기 위해 단단한 잠을 청하는 일만 남았다.

열심히 일한 날,
한밤에 술친구가 필요하다면

BOOK
그러나 즐겁게 살고 싶다
— 무라카미 하루키

심야의 BGM
What A Difference A Day Made
— Jamie Cullum

아, 대체 오늘 몇 개의 보고서를 휙휙 넘겼는지 모르겠다. 또 분명 기획 의도가 불분명하다든지, 경쟁도서에 대한 분석이 약하다든지 하는 피드백이 올 것 같다. 그리고 모두가 공이 아닌 내 발을 차고 있는 듯한 반칙성 태클로 가득한 회의가 끝나기만 기다릴 것이다. 하지만 언제나 회의會議로 끝날 뿐 결론은 없다. 카레라이스에 나물부침 같은 회의가 든다. 문득 배고픔이 밀려온다.

　　이제 곧 출간 예정인 도서의 예상 제목과 부제안을 A4 세 장 분량은 뽑고 가야 성에 찰 것 같은 하루다. 일은 언제나 끝이 없다. 오늘까지 본문 시안을 주기로 한 디자이너는 전화조차 받지 않는다. 다음 생에는 꼭 디자이너로 태어나리라 ….

집에 가서 쌀국수나 하나 끓여 먹고 내 방에 누워 캔맥주를 마시며 판단과 지적을 요구하지 않는 에세이 한 편 쿨 하게 읽고 잠들고 싶다. 문득 모든 일에 무관심해 보이지만 따뜻한 시선이 가득한 무라카미 하루키의 에세이가 심하게 당긴다. 서둘러서 짐을 챙겨 사무실을 박차고 나왔다.

당장은 할 일이 아무것도 없고, 아무것도 하고 싶지 않은 작가의 일상은 한심할 때도 많다. 하지만 거대한 도시에서 무심한 듯 좋아하는 책을 읽고 시간을 때우는, 그다지 기분이 나쁠 것이 없는 평범한 에피소드들이 공감을 사는지도 모르겠다. 무라카미 하루키는, 책을 읽는 데 가장 적합한 장소는 휑뎅그링한 방의 딱딱한 매트리스 위라고 대답할 수밖에 없다고 했다. 나는 지금 샤워를 하고 누운 내 이부자리 위라고 대답하고 싶다. 책의 한 줄 한 줄이 마음에 차분히 스며드는 기분이 든다.

오늘처럼 열나게 일한 날엔 꼭 가슴속까지 시원해지는 캔맥주와 함께 하루키의 쓸데없어 보이는 생각 꾸러미, 《그러나 즐겁게 살고 싶다》를 마시다 그대로 잠든다. 다른 안주는 필요 없다. 잠들기 전 속만 부대낄 뿐이다. 그의 에세이는 소설보다 가볍고 천진난만하여 읽는 내내 '아무 생각 없이' 웃을 수 있다.

이제 하루키는 트렌드를 넘어 브랜드가 된 소설가지만 여전히 그의 에세이는 마니아적 냄새가 짙다. 스파게티를 만들어 먹을 줄 알고 빌리홀리데이의 목소리에 취할 줄 알며 테니스화를 신고 혼자 묵묵히 달

"왠지 내일은 '자질구레한 일에 안달복달하지 않고
지나치게 많은 일을 하지도 않고 느긋하게 하루하루를'
보낼 수 있을 것만 같다."

리는 것을 즐길 줄 안다면 그의 글은 당신을 위한 최고의 기호품이 될 것이다. 지금 이 순간, 혼자라서 더없이 좋은 사람이라면 모두 소장하고 싶어질지도.

이 맥주를 마시기 위해 오늘 낮 동안 그렇게 열심히 달린 것은 아니지만 유독 몸과 마음이 피곤한 날엔 의미 없이 웃고 마는 예능 프로그램보다 맥주와 하루키를 먼저 찾게 된다. 이 책에는 그가 최고의 술친구가될 수밖에 없는 이야깃거리가 넘쳐난다. 특히 마지막 장인 〈작지만 확고한 행복을 나는 원한다〉에 있는 글들은 저자가 한잔 마시면서 썼다고 밝힌 글이 많은데, 그래서인지 쉽게 사그라지는 맥주 거품처럼 아무런 잔상을 남기지 않아서 좋다. 그리고 유머 속에서도 진지함을 잃지 않는 작가이기에, 어느 이발사에게도 혹은 어떤 립스틱이나 온더록On the Rocks(잔에 얼음을 넣고 술을 따른 것)에도 철학이 있다는 것을 보여준다.

"아무리 사소한 일이라도 매일 계속하다 보면, 거기에서 자연히 철학이 생겨난다"는 '매일 하는 일'에 대한 확고한 그의 철학은 고스란히내 일의 철학이 되었다. 탁월한 소설가답게 예민한 관찰력을 발휘해 그주변 사물에 대한 개똥철학을 도입하는 솜씨가 여간 세련된 게 아니다. 나도 따라서 일기를 쓰거나 키보드를 두들겨 아무 기록이나 남기고 싶어진다.

비록 오늘, 기계처럼 일하고 많은 사람들 앞에서 내 지식이 헐값에팔리지도 못하는 굴욕을 겪었지만, '작지만 확고한 행복(요새는 '소확행'

이라고 줄여서 부르기도 한다)' 하나는 건지고 잠든다. 왠지 내일은 '자질구레한 일에 안달복달하지 않고 지나치게 많은 일을 하지도 않고 느긋하게 하루하루를' 보낼 수 있을 것만 같다.

　이런 식으로 매일 몸에 익힌 조그만 철학은 훗날 눈치채지 못한 어느 순간에 큰 도움이 될 것이다.

두꺼운 추억이 필요한 날

BOOK

입 속의 검은 잎
— 기형도

심야의 BGM

Waltz #2(XO)
— Elliott Smith

"기형도는 어디에 있는 섬이야?"《기형도 산문집》이라는 책 제목을 보고 남자친구가 물었다.

"아아, 기형도!"

나는 짧은 탄성을 내뱉고 대답했다.

"지명이 아니고 요절한 천재 시인 이름이야."

대학원에서 태양전지를 공부하는 남자친구에게 기형도는 이름 모를 섬과 같은 존재이지만, 내겐 너무 특별해서 긴 수식어가 필요없는 시인이다. 한 권의 유고 시집과 산문집이 전부인 기형도는 시 수업 첫날에 결석해서 발표 대신 내야 했던 전공 과목 첫 번째 리포트의 주인공이기도 하다.

여러 문인들과 평론가들의 입에 한 번씩 오르내리는 기형도. 왠지 그를 모르면 시인이나 소설가를 꿈조차 꿀 수 없을 것 같았다. 만 29세에 요절한 그는 대학 시절 무작정 문학을 꿈꾸던 내 가슴 속에 들어와 권태와 죽음 냄새만을 가득 채우고 사라졌다. 먹고사는 데 바빠 문학을 잃어버린 오늘 밤, 술 한 잔과 함께 그를 붙들고 두꺼운 추억에 대한 이야기를 하려고 한다.

"나 가진 것 탄식밖에 없어 / 저녁 거리마다 물끄러미 청춘을 세워두고 / 살아온 날들을 신기하게 세어보았으니 / 그 누구도 나를 두려워하지 않았으니 / 내 희망의 내용은 질투뿐이었구나"라고 탄식을 내뱉는 그의 시는 대부분 어두워서 가까이 하기엔 지나치게 위험해 보인다.

그럼에도 '기가 막힌 소설 한 편만 쓰고 죽자'고 생각했던 겁 없던 계절에 '기형도는 나의 힘'이었다. 심지어 학비를 벌기 위해 뛰어들었던 생활 전선에서도 그는 내게 좋은 돈벌이 기회를 주었다. 《기형도 전집》을 들고 면접을 보러 갔던 사립학원의 원장은 자신도 기형도를 좋아한다며 다음 날부터 바로 출근하라고 했다. 웃으면서 아이들을 사정없이 때렸던 그 원장은 월급만은 제때제때 현금으로 주는 센스가 있었다. 나와 코드가 맞을 거라 생각했지만 기형도를 좋아한다고 해서 모두 같은 사상을 가지고 살아가는 것은 아니었다. 그곳에서 나는 6개월간 국어와 한문을 가르쳤다. 아홉 시간을 서서 떠들고 나면 온몸은 부서질 듯 아팠지만 이상하게 집으로 돌아가는 버스 안에서 '물끄러미 하루를 세워두고 살아갈 날들을 세어'볼 수 있었다. 이 모든 것은 거리에서 시를 만들었던 기형도 덕분이었다.

자다 깨고 깨어 있어도 자는 것 같고, 쉽게 눈물이 났고, 낮과 밤이 바뀐 생활 패턴에 적응을 못하고 휴일엔 거의 시체처럼 잠만 잤다. 흔하고 다양한 사물에 예술적 향기를 불어넣고 그것을 다시 일상화하는 것을 키치라고 한다면 비루한 일상에 지친 난 '키치적인' 글을 쓰고 싶었다. 기형도 산문집《짧은 여행의 기록》처럼 말이다.

감상과 낭만이 얼마나 다른 것인지 알기 위해 기형도가 도서관에서 읽었다던 릴케와 말라르메Mallarmé, 보들레르를 따라 읽었다. 그가 일곱 개의 수강표 중 세 개를 철회했다고 하면 적어도 두 개를 따라서 철회했다. 휴학도 밥 먹듯이 했다. 소속감 없이 이십 대를 견디는 것은 참으로 두려운 일이었다. 그러나 절망도 낭만이 될 수 있다는 것을 가르쳐주는 그가 있는 한 무서울 것이 없었다.

"밤 1시. 시는 인간을 구원할 수 있는 것일까?" 과연 문학은 인간을 구원할 수 있을까? 바로 돈이 되지 않는 그 비생산성에 목숨을 걸 수 있을까? 이런 질문은 모두가 잠든 밤에 부질없이 출몰했다가 아침이면 사라지곤 한다. 그만큼 너무도 많은 사람들이 쉽사리 내 주변에서 없어진다.

죽음으로 완성된 기형도의 그로테스크함은 '살아남은 자의 슬픔'을 배가시키지만 샌드위치로 점심을 때우는 직장인의 하루를 초라하지

"기형도의 그로테스크함은 '살아남은 자의 슬픔'을
배가시키지만 샌드위치로 점심을 때우는
직장인의 하루를 초라하지 않게 만드는 힘이 있다."

않게 만드는 힘이 있다. 문학이 아니라 생활에 밑줄을 그어야 하는 이 밤, 죽지 않고 살아남기 위해서는 '좀 더 두꺼운 추억(기형도의 시〈오래된 서적 書籍〉에 나오는 구절이다)'이 필요하다. 그러기 위해선 젊어서 지나치게 늙어버린 한 죽은 시인의 섬에 가야 한다. 나는 그 예민한 섬을 기형도라고 부른다. 그 섬에선 이미 내 것이 아닌 것 같은 열망들도 친구 하자고 달려든다.

한 번쯤 그를 스쳐간 이들은 회색빛 도시를 끌어안을 수 있다. 벌써부터 그가 그립다.

"오랫동안 글을 쓰지 못했던 때가 있었다. 이 땅의 날씨가 나빴고 나는 그 날씨를 견디지 못했다. 그 때도 거리는 있었고 자동차는 지나갔다. 가을에는 퇴근길에 커피도 마셨으며 눈이 오는 종로에서 친구를 만나기도 했다. 그러나 시를 쓰지 못했다. 내가 하고 싶었던 말들은 형식을 찾지 못한 채 대부분 공중에 흩어졌다. 적어도 내게 있어 글을 쓰지 못하는 무력감이 육체에 가장 큰 적이 될 수도 있다는 사실을 나는 그 때 알았다." — 기형도,〈시작 詩作 메모〉(1988.11)

살짝 미쳐도 괜찮지 않을까

BOOK
10cm 예술
— 김점선

심야의 BGM
Supersonic
— Oasis

"나는 병이 난 것이 아니라 부서졌다. 그러나 그림을 그리는 동안만은 행복했다"고 술회했던 멕시코 화가 프리다 칼로Frida Kahlo를 좋아했다. 2009년 타계한 한국의 김점선 화백의 그림과 글은 일자 눈썹의 프리다를 떠오르게 한다. 남다른 유머 감각과 쾌활함, 물불 가리지 않는 뜨거운 열정을 지닌 두 화가는 데칼코마니처럼 닮아 있다. 범인凡人인 내가 절대 따라 그릴 수 없는 그녀들의 자유로움이 하루의 끝을 붉은색으로 물들인다.

　미국인 남자친구가 "너처럼 영어를 잘하는 사람을 본 적이 없다…. 그런데 너처럼 그(he)와 그녀(she)가 뒤죽박죽이 되는 사람도 본 적이 없다"고 할 정도로 성 정체성의 혼란을 겪었던 김점선은 박완서의 추천사대로 야생마 같은 이미지를 팍팍 풍긴다.

오늘 밤 내가 들여다볼 《10cm 예술》은 그(그녀라는 말보다 더 잘 어울린다)가 오십견에 걸려 오른팔을 못 쓰게 되어 시작한 마우스 그림을 통칭하는 말이다. 그는 컴퓨터라는 새로운 도구에도 쉽게 흥미를 붙이고 이 차가운 매체를 통해서 자신에게로 몰입해가는 과정을 한 권의 책으로 엮었다.

캔버스에 혼을 바르는 일로 온 하루를 쓰던 그는 거의 무의식적으로 마우스 그림을 그렸다. 영감이 떠오를 때만 그리는 것이 아니라 매일매일 그림 속으로 출근했다. 그는 엄밀히 말해서 영감 따위 한 번도 떠오르지 않았다고 당당히 말했다. 우리가 아침마다 지하철이나 버스를 타고 조그만 사무실에 와서 자기만의 책상에 앉아 반복되는 업무를 수행하듯이 그는 그림을 그려댔던 노동자였다. 그는 언제나 '지금 이 그림'에 만족하지 않았다.

이 야한 밤, 엉덩이에 뿔이 날 것처럼 울며 웃으며 읽었다. 가는 밤이 아쉽고 오는 아침을 밀어내고 싶었다. 그렇게 반쯤 미친년처럼 읽고 한참을 멍하니 있다 출근했다. 이 책을 처음 읽고 리뷰 따위 쓸 수 없었다. 일기 부스러기도 남길 수 없었다. 그러다 암 투병 중이던 그가 너무 빨리 우리 곁을 떠나버리자 나는 이 책을 세상에 알리고 싶어졌다. 하지만 금세 후회했다. 매일 밤마다 그 헝클어진 머리로 내 꿈에 나타나서 "감히 언어로 나를 표현하려 하지 마라"며 괴롭히는 것 같았다. 악을 배제하지 않는 헤르만 헤세와 잭 케루악을 사랑했던 우리 시대 마지막 추장인 그녀를 이제야 다시 글 속에 담아본다.

인간 김점선은 내가 속으로 언젠가 반드시 실천하리라고 마음먹었던 것들을 진짜로 행했던 행동형 화가이자 작가, 그리고 어머니였다. 세 겹의 눈으로 세상을 보았던 자의 환호작약歡呼雀躍, 그 신명 나는 날뜀에 나도 덩달아 춤추고 있다. 토끼를 그리면 행복을 그대로 받아들이는 유순한 토끼가 생각난다고 했던 화가.

만난다, 몰입한다, 그리고 망각한다. 주위의 모든 것이 신기하기만 한 어린아이처럼 그를 따라 토끼도 다시 보고, 코끼리도 다시 생각하고, 닭도 다르게 상상해보았다. 고양이를 함부로 정신분석 하지 말라고 으름장을 놓는 김점선 작가는 아파도 세상에서 가장 씩씩하고 건강한 삶을 살다 갔다.

그 앞에선 사방 10센티미터의 손바닥만한 태블릿도 드넓은 하늘이 된다. 그의 글과 그림을 감상하는 동안 '나는 여행의 필요를 느끼지 않았다.' 술을 마시지 않았음에도 알딸딸한 기분이 든다. 꿈속에서 발 없는 새나 안고 훨훨 날아다니고 싶다. 점과 선이여, 영원하라!

📖 김점선의 다른 책 들여다보기

➼《김점선 그리다: 김중만이 꾸민 김점선의 모든 것》(문학의 문학, 2011)
 사진작가 김중만과 함께 만든 책이다. 절묘하게 어우러지는 김점선의 그림과 김중만의 사진은 동화적이면서 위트가 넘치고 이해인 수녀, 장영희 교수, 김용택 시인 등 각계각층의 인사들이 쓴 글까지 들어 있다. 언제든, 어느 페이지든 펼쳐 보면 기분 좋아지는 책이다.

05

피곤한 날에도
읽다 잠든다

자연과의 교감이 그리운 날

BOOK

월든
— 헨리 데이비드 소로

심야의 BGM

Homesick
— Kings of Convenience

자다 깨다를 반복한 주말이었다. 남들과 같은 모습으로 살기 싫어서 의도적으로 인터넷과 텔레비전은 멀리 했다. 비까지 시원하게 내려서 음악도 따로 필요 없었다. 베란다가 보이는 거실에서 마음껏 바람을 느끼며 진지한 독서를 해서인지 낮잠도 잘 왔던 하루가 가고 이제 다시 밤이다.

오늘은 자연과 함께 불면증을 즐겨보기로 한다. 책 한 권 들고 나에게 '당신은 단순한 독자나 학생이 되겠는가, 아니면 제대로 보는 사람이 되겠는가?'라고 묻는 고전의 목소리를 따라 월든 숲으로 여행을 떠난다.

세계문학사상 유례를 찾아보기 힘든 특이한 책, 헨리 데이비드 소로의 《월든》은 한 꼭지 한 꼭지가 시 같은 책이다. 책을 읽는 동안 잊고 지냈던 순간의 아름다움을 생각하고 바람의 흐름을 느끼게 된다. 단어 하나, 문장 하나하나에서 '숲의 소리'가 들린다고 해도 과장이 아니다.

소로는 이십 대 후반에 팍팍한 도시 생활을 접고 월든 호숫가에 오두막집을 짓고 생활한다. 이 책은 그 시골 생활에 대한 생생한 기록이라고 할 수 있다. 문체가 아름답고 리드미컬한 이유는 저자의 완벽주의에 있다. 《월든》의 초고는 월든가街에서 완성되었지만, 그 후에도 여섯 번이나 고쳐 써서 지금의 걸작이 탄생되었다.

'숲속의 생활 Life in the Wood'이라고도 불리는 이 책은 출간 후 톨스토이와 간디 등 세계적 문호들과 석학들을 사로잡았다. 보잘것없는 편집자 겸 블로거인 나에게도 《월든》은 읽을 때마다 색다른 시각과 자유를 맛보게 해주는 책이다. "아무리 우리 눈에 익은 물건이라도 집 밖에 내놓으면 집 안에 있을 때와는 아주 색다르게 보이는" 것처럼 익숙한 일상도 이런 작가들의 손을 거치면 완전히 다른 시선으로 새롭게 바라볼 수 있다.

언덕 중턱에 자리 잡은 그의 집은 커다란 숲이 끝나는 지점에 있다. 그 숲에서 보낸 첫 번째 여름에 그는 거의 책을 읽지 못했다. 콩밭을 가꾸거나 해가 잘 드는 문지방에 앉아서 새벽부터 정오까지 한없이 공상에 잠기기 바빴기 때문이다. 오직 새들이 곁에서 노래하거나 멀리서 들리는 여행자의 마차 소리만이 시간을 알려주는 그곳에서 그는 걱정할 거리가 없다.

"모든 페이지를 읽어야 된다는 생각을 버리고 단 한 문장이라도
바라본다는 마음으로 독자가 아닌 관찰자에 머물러 보는 것이다."

아침에는 일찍 일어나서 식사를 하든 거르든, 차분하게 마음의 평온을 유지한다. 짐승이 울면 목이 쉴 때까지 울도록 내버려두는 자연과 닮아가기 위해 의식적인 하루 일과를 보낸다. 깊은 밤에는 그의 절친한 밤 친구인 호수의 얼음이 우는 소리를 듣는다. 물론 바쁘게 돌아가는 도시 생활에 익숙한 사람이라면 미쳐버리거나 아니면 그전에 권태감을 이기지 못해 죽는 편이 낫다고 생각할지도 모를 지루한 날의 연속이다.

이 책을 읽는 내내, 내가 하는 일에 얼마나 많은 의미를 부여하고 긴장하며 살았는지 알게 되었다. 오늘과 같이 늘어지게 잔 날에도 그 여유로움을 견디지 못한다. 의미 있는 일을 하겠답시고 밤에 이렇게 책을 펼쳐 두고 컴퓨터 앞에 앉아 여기저기를 기웃거리고 있지 않은가. 생각할 거리도 많고 할 일도 쌓였는데 언제 이런 한가한 책을 읽느냐고 묻는다면 그렇기 때문에 더욱 시간을 내서 이 책을 읽어보라고 권하고 싶다. 잠시 쉬었다 가도 늦지 않다고 말해주고 싶다.

굳이 처음부터 끝까지 다 읽을 필요도 없다. 모든 페이지를 읽어야 된다는 생각을 버리고 단 한 문장이라도 '바라본다'는 마음으로 독자가 아닌 관찰자에 머물러보는 것이다. 소로의 다음 글을 잠시 동안 '바라보자.'

"우리가 잠시 서로의 눈동자를 들여다보는 것보다 더 큰 기적이 일어날 수 있을까? 우리는 그 한 시간 동안에 세상의 모든 시대를, 아니 모든 시대의 모든 세상을 살 수 있는 것이다. 역사, 시, 신화 등 다른 사람의 경험에 대하여 읽어본 그 어떤 것도 이만큼 경이적이고 유익하지는 않을 것이다. (…) 우리는 자기 자신을 지나치게 돌보고 있는데 그 관심을 다른 데로 돌려도 괜찮을 것이다."

우리는 모두 자신의 본성과 운명에 대해서 지대한 관심을 가지고 있다. 그런데 소로는 자기 자신으로부터 조금만 시선을 밖으로 돌려보는 건 어떻겠냐고 조용하지만 울림이 큰 목소리로 말한다.

당신이나 내가 없어도 회사는 잘 돌아간다. 엄마 없는 집이 모두 엉망이 되는 것은 아니다. 하루 정도 세상이 돌아가는 걸 몰라도 큰일 나지 않는다. 걱정 마시라! 우리는 우리가 하는 일의 중요성을 과소평가할 필요가 있다.

손을 필요 이상으로 바쁘게 놀리고 싶지 않은 날, 월든 숲의 잎사귀만을 바스락바스락 넘기며 창을 열고 밤공기를 마셔본다. 잎 하나하나가 친화감으로 부풀어 올라 나를 친구처럼 대해준다. 마지막 잎사귀에는 이렇게 적혀 있다.

'태양은 단지 아침에 뜨는 별에 지나지 않는다.'

이제 뜨는 해를 바라보며 슬퍼하지 않아도 될 것 같다. 낮도 밤처럼, 밤도 낮처럼 밝혀주는 책이 있으니 말이다.

쉬지 않고 일하는 것보다 나은 방법으로 시간 보내기

➻ 집 안의 쓸모없는 물건들을 쓰레기통에 처넣음으로써 아침 일을 간단히 마칠 수 있다.

➻ 시간은 내가 낚시질하는 강의 흐름에 지나지 않는다. 우리는 그저 그 강물을 즐기기만
  하면 된다.

➻ 행동의 원인을 자신의 내부에서 찾자. 자연의 하루는 매우 평온하며 인간의 게으름을
  꾸짖지 않는다.

➻ 하루 정도 휴대폰과 컴퓨터를 끄고 지내보자. 폭풍우도 '바람의 신'이 연주하는
  음악으로 들릴 것이다.

➻ 직접 무엇이든 만들어보자. 포장지로 책 표지를 만들어도 되고 나무로 책 받침대를
  만들어도 좋다. 흙으로 화단을 만들거나 화분에 이름 모를 꽃을 심어보자. 기성품이
  아닌 자신이 만든 물건이 주는 애착은 돈으로도 살 수 없다.

숙면 대신 불면증이 필요한 날

BOOK
달려라, 아비
— 김애란

심야의 BGM
ReLax(Take It Easy)
— Mika

그녀는 벌써 몇 번이나 자세를 바꾸며 뒤척였다. 바로 누웠다, 옆으로 누웠다, 엎드렸다 하는 것을 반복했다. 그녀는 왜 잠 못 들고 있을까. 그녀의 머릿속에는 오늘 아침 지하철역에서 메트로를 나눠주던 아주머니의 손등이 스쳐간다. 동네 술집 간판이 떠오르고, 그 사람과 편해지자고 걸었던 농담에 실례였다는 생각이 든다. 텔레비전 광고 문구가, 친구 집에서 막혀버린 변기가, 이번달 생활비는 얼마나 남아 있던가 하는 생각이 개천 위의 쓰레기처럼 그녀의 머리 위를 지나간다.

이렇게 그녀가 잠 못 드는 데는 수만 가지 이유가 있다. '더 이상 생각하면 안 된다'는 생각이 오만 가지를 더 생각나게 한다. 당신도 살면서 한두 번씩 겪은 일일 것이다.

등단 당시 '한국문학의 새로운 발견'이라 불린 김애란의 첫 번째 단편집《달려라, 아비》에는 '잠 못 드는 그녀'를 비롯해서 택시기사 어머니를 둔 '아비 없는 자식', 매일 편의점에서 장을 보는 아가씨, 편의점 아르바이트를 하는 휴학생, 옥상에서 스카이 콩콩을 타는 전파상 아들 등 주변에서 흔히 볼 수 있는 인물들이 등장한다.

　　"좋아하는 젊은 한국 소설가 있어요?"라는 질문에 항상 "김애란이요"라고 고민 없이 대답하던 때가 있었다. 그녀는 서사가 불가능한 시대에 혜성처럼 나타나 '달려라, 한국 문학'을 외치는 대표적인 작가가 되었다. 이상문학상, 동인문학상 등 굵직한 문학상을 모조리 휩쓸면서 여전히 가장 핫한 소설가로 평가받는다.

　　"어떤 책이 가치가 있다는 것은 누군가가 그 책의 장점을 발견해서 책을 구입하고 읽은 후 이 작가가 무슨 책을 다음에 낼지 궁금해져야 하는 거 아니에요? 그게 글쓰기고 출판이에요"라는 제임스 미치너의 말대로 그녀는 늘 다음 책이 궁금한 작가이기도 하다.

　　그녀의 작품집들 중 유쾌한 한방이 있는《달려라, 아비》를 우울할 때마다 읽곤 했다. 특히 아끼는 단편은 이 글의 처음을 열어준〈그녀가 잠 못 드는 이유가 있다〉다. 나도 소설 속 그녀처럼 지적인 동시에 겸손한, 냉철하지만 가슴 따뜻한, 옷 잘 입는 커리어우먼이 되고 싶었으나 어느 것 하나 이룬 것은 없는 듯하다.

　　불면증을 이기기 위한 그녀의 고군분투에 감정 이입하며 읽고 또

"잠이 오지 않는 모든 이유를 기록해야만 할 것 같다.
이럴 때 불면증은 숙면보다 창작 생활에 도움이 된다."

읽었다. 사실 단단한 서사가 없는 이 소설은 여러 번 읽을 만큼 어렵거나 그 안에 위대한 뭔가가 있는 것은 아니다. 다만 꼬리에 꼬리를 물고 잠 못 드는 이유를 묘사하는 이 소설 속엔 '잠 못 드는 내'가 숨어 있다. 지금 못 자면 분명 내일 낮에 피곤해서 죽을려고 할 텐데. 낮에 졸면 커피도 소용없고 회의는 엉망이 될 텐데. 회의가 엉망이 되면 또 야근을 해야 하는데. "그러다 보면 내일 밤도 잠 못 들 것이며, 내일모레는 더 큰 실수를 하게 될 것이다." 그런데 아까 버스에서 그 사람, 진짜 생각하면 할수록 열받네….

갑자기 대학생이 되었는데도 그런 식으로 공부하면 안 된다고 잔소리하던 아버지가 떠오른다. 행복하다는 말만 연신 하던, 사랑에 빠진 재수학원 친구의 피임법이 자꾸 생각난다. 학교 도서관에서 무겁고 두꺼운 책을 다섯 권이나 빌렸는데 내내 서서 가야 했던 그날의 그 버스가 또다시 얄미워진다. 갑자기 "너희들의 헤게모니가 우리를 슬프게 해"라는 대사가 어떤 드라마에서 나왔는지 생각이 나지 않는다. "세상에 함부로 마주해서는 안 되는 것. 요리사의 손톱, 작가의 맨 얼굴, 그리고 옛 사랑의 현재다"라는 말이 어떤 작가의 어느 책에서 나온 건지 문득 궁금해 미치겠다. 미용실 잡지에서 봤던가 아니면 내가 썼던 글이었나….

이런 사사로운 생각들에 치여 나는 서럽게 울어버릴지도 모른다. 아니면 한 번 더 자세를 틀며 "진짜 이유 같은 건 없어"라고 중얼거리다 맥없이 잠들지도 모른다. 단 한 가지 분명한 건 아직도 잠이 오지 않는 밤에는 이 소설이 생각난다는 것이다. 그리고 잠이 오지 않는 모든 이유를 기록해야만 할 것 같다. 이럴 때 불면증은 숙면보다 창작 생활에 도움이 된다.

한밤중에 뛰쳐나가고 밥도 못 먹을 정도로 끙끙 앓는 연애를 하거나, 책만 죽도록 읽던 20대를 고스란히 그 기록에 담을 수만 있다면 매일 밤 불면증에 시달려 다크서클이 턱밑까지 내려와도 좋으리.

📖 김애란 작가의 최신작 《바깥은 여름》에서 발견한 진실

➥ "세상에서 가장 맛있는 밥 중 하나는 내가 하지 않은 밥이라는 것도 알았다."
 —〈가리는 손〉 중에서
 여전하다. 그녀는 아무래도 내 머릿속에 살고 있나 보다.

자신이 하찮게 느껴질 때

BOOK
밤이여, 나뉘어라
— 정미경

심야의 BGM
Elefanter
— Kent

국문학을 전공하고 꼭 챙겨 읽는 문학상들이 생겨났다. 지금은 문학과 창작에 대한 열정이 식어버렸지만 무슨 무슨 문학상을 찾아 읽으며 감탄도 하고 질투 비슷한 질타도 하면서 혼자 그렇게 도서관에서 시간을 보내다 보면 아직도 '문학소녀' 같은 기분에 젖는다.

　　세상에는 많고 많은 문학상들이 있지만 번역소설이 아닌 한국소설의 정수를 느끼고 싶은 날엔 어김없이 책장 속 한구석에 빼곡히 꽂힌 〈이상 문학상 작품집〉 코너를 째려보게(!) 된다. 어떤 년도의 어떤 작품집을 꺼내 읽어도 절대 실망하지 않는다. 작품집의 마지막에 부록처럼 수록된 대상수상자의 '문학적 자서전'만으로도 이 작품집은 소장 가치가 있다. 문학상 대신 빛바랜 문학사 졸업장을 받은 나에게 주는 선물과도 같은 소설들이다.

'꼭 루시 모드 몽고메리처럼 영원히 기억에 남을 작가가 되거
라. 자기 소개서 고맙다. ─ 06.02.01'

'2006 제30회 이상문학상 작품집: 대상 정미경'이라고 적힌 첫 장
에 위의 메모가 있다. 친언니의 흔적이다. 언니의 자기소개서를 교정해
준 답례로 이 책을 선물 받았던 것 같다. 잘 다니던 영어 과외도 잘리고,
당장 다음 날 커피 값도 부족할 때였다. 읽을 책이 없어 마음마저 가난
해진 터라 책은 받자마자 그날 밤에 다 읽어버렸다. 책을 덮고 한참을 중
얼거렸다.

"최곤데…. 올해 읽은 소설 중에서 흡입력 하난 최고다. 최고…."
한국소설을 읽고 오랜만에 느낀 희열이었다. 정미경의 단편, 〈밤이
여, 나뉘어라〉는 내 자신이 한없이 한찮게 느껴질 때마다 책을 펴서 읽으
면 웅크리고 있던 어깨를 다시 펴게 되는 작품이다. 이 작품을 읽은, 혹
은 읽는 나는 더 이상 평범한 사람이 아닌 것만 같다. 아, 나도 이런 작품
을 써보고 싶다. 쓸 수만 있다면 '쓰는 인생'에 목숨 걸 수 있을 텐데….
소설은 "강을 사이에 두고 강변의 양안을 달리는 자"라는 어원을
가진 라이벌을 소재로 다루고 있다. 소설 속 '나'의 라이벌인, 하지만 라
이벌이라고 할 수 없을 만큼 완벽한 P는 의사다. 물론 '나'도 의사다. 하

"밤과 어둠, 욕망과 어리석음이 없다면
세상은 클라이맥스 없는 흑백 무성영화에 불과하다."

지만 P가 어느 날 갑자기 사라진 후 '나'는 더 이상 의사로 살아갈 수 없게 된다. P가 눈앞에서 사라진 순간, 모든 것이 무의미해졌기 때문이다. 그리고 '나'는 영화감독이 되었다. '작가주의 감독'이라고 해외에서도 인정해주는 그런 감독. 소설은 주인공이 이렇게 당당해진 모습으로 북유럽에 살고 있는 P를 찾아가는 장면으로 시작한다.

'오늘의 작가상' 수상작인《장밋빛 인생》에서도 정미경은 광고계에서 일하는 주인공의 직업 세계와 현대인의 욕망을 현미경으로 보듯이 묘사해서, "이 작가 광고회사 출신 아니냐"는 이야기까지 들었다. 이 작품에서도 작가는 의학과 영화학을 넘나들며 자신의 지력을 과시한다. 물론 미학적인 관점까지 유지하면서 말이다.

'변함없는 삶의 성취가 조금 지루한 듯' 보이는 무결점 P의 실체를 조금씩 벗겨주는 장치로 작가는 뭉크의 그림, 〈절규〉를 사용한다. 여전히 자신만만해 보이는 P는 영화감독이 된 '나'에게 다음과 같은 명대사를 자주 날린다. "영화는 삶의 그림자일 뿐이야. 그림자는 잡히지 않기 때문에 그림자다. 무언가를 굳이 말하려 하지 말고, 말할 수 없는 것들을 그려서, 그 무언가가 떠오르게 해봐. 넌, 너무 친절해. 친절한 건 뻔하고, 뻔한 건 지루한 거야."

소설은 친절하다. 구성은 지나치게 계산적이기까지 하다. 하지만 뻔하지는 않다. 백야가 계속되는 북유럽의 어느 마을, 진짜 P와 M이 살고 있을 것 같은 생각이 들기 때문이다. "어떤 드라마든 그 캐릭터들이 어디에선가 살고 있을 거라는 생각이 들면 그 작품은 성공한 것"이라는 방송작가 김의찬의 말대로 이 작품은 상당히 성공적이다. 완벽하지만, 지루하지 않다.

'나'는 결국 P를 잊지 않기 위해 오히려 P를 모른다고 말한다. 소설 속에선 여러 아이러니들이 겹쳐지고, 그 위에 삶의 빛과 어둠이 덧칠해 져 한 편의 '절규'가 완성된다. 실제 뭉크의 〈절규〉가 많은 것처럼(뭉크 는 〈절규〉를 변형한 작품을 50종 이상 남겼다) 이 세상에 '절규'는 많다. 큰 절규, 작은 절규, 그리다 만 절규, 붉은 절규, 검은 절규, 무채색의 절 규….

회사도 집도 애인도 결코 영원히 안전하지 않다는 것을 알아버린 지금, 나는 뭉크의 〈사춘기〉 그림 속 소녀처럼 마냥 움츠려들기만 한다. 소리조차 지를 수 없다. 아무도 내 절규를 들어주지 않을 것 같다. 그래 서 다시 〈밤이여, 나뉘어라〉를 정독한다.

"잠들지 않고 일하면 썩 훌륭한 인간이 되어 있을 것" 같았는데 그 건 아니었다. 밤과 어둠, 욕망과 어리석음이 없다면 세상은 클라이맥스 없는 흑백 무성영화에 불과하다고 말해주는 이 소설은 겉은 차갑지만 안은 따뜻한 묘한 매력을 지녔다.

단편소설이라 글은 너무 짧았고, 방 안 가득 내 입김을 불어넣던 그 겨울밤은 더욱 짧았다. 밤이었지만 그 어떤 낮보다 뜨거웠던 것으로 기억한다. 일기장에 적는 단 한 문장도 평범한 것은 싫었던 문학소녀는 그렇게 '밤이 나뉘길' 간절히 바랐는지도 모른다. 이 소설을 읽은 후, 내게 드리워진 그림자를 사랑할 수 있게 되었다. 피곤을 달고 사는 내 눈 밑 그림자까지도.

📕 정미경 소설가의 현재

➡ 정미경 소설가는 2017년 1월 18일 말기 암으로 세상을 떠났다. 그녀의 유작《당신의 아주 먼 섬》,《새벽까지 희미하게》가 타계 1주년을 추념해 출간되었다고 한다. 먼 곳에서 선생님의 유작을 기다려왔던 나로서는 슬프지만 기쁘게 주문을 해본다. "나를 풍요롭게 하는 것이 나를 파괴한다"는 말도 잊지 않고 기억해두고 싶다.

어디론가 떠나고 싶을 때

BOOK

LOVE&FREE 러브 앤 프리
— 다카하시 아유무

심야의 BGM

Better Together
— Jack Johnson

몸은 지금, 여기에 있다. 하지만 마음은 항상 다른 곳을 꿈꾼다. 현실에서는 각종 기안과 카드명세서에 서명을 하고 있지만 상상 속에선 이미 수백 번 비행기 표를 예매했다. 캐리어를 챙기고 어디론가 바쁘게 이동하고 있다.

사무실 안에서 보는 반쪽짜리 하늘이 아니라 드넓게 펼쳐진 하늘을 온전히 보고 싶다. 하지만 나는 오늘도 당장 떠나고 싶은 마음을 책으로 달랜다. 그러다 배 아프게 용감하고 눈물 나게 실행력 좋은 사람들이 쓴 여행서를 읽으면 '그래, 한 번뿐인 인생 이렇게 살아봐야 하지 않겠어?'라는 생각이 들어 우울해진다. 그러다가도 생활에 여유 있고 팔자 좋은 사람들의 자랑이지, 하며 금세 돈 버는 내 처지를 위로한다.

수많은 여행에세이를 읽어봤지만 다카하시 아유무의《러브 앤 프리》만큼 나를 만족시켰던 책은 드물다. '일본 출판계를 발칵 뒤집어놓은' 이 책은 한 남자가 한 여자와 함께 무려 '24×365=8760'시간 동안을 여행하며 쓴 세계 견문록이다.

이 책은 '명문대 중퇴, 아메리칸 바 운영, 무작정 출판사 설립, 전국순회콘서트 감행, 결혼 후 2년간의 세계일주, 세계 제일의 파라다이스섬 건립이 꿈'이라는 저자의 이력이 독특해서 우연히 읽게 되었다. 흑백임에도 불구하고 파란 하늘이 그대로 느껴지는 현장감 있는 사진과 짧은 글로 채워져 있어서 잠들기 전 기분전환용으로 읽기 좋다.

도저히 한 글자도 읽거나 쓸 수 없는 무기력증에 시달릴 때 아무 페이지나 펼쳐 읽어도 기운이 난다. 무엇보다 자신이 여행지에서 먹고 자고 본 것을 나열하는 것이 아니라 '남을 부러워만 하면 지는 거다'라는 정신으로 뭐든 부딪쳐보라고 부추기는 문체가 마음에 든다. "'엄청난' 감동으로 마음이 떨릴 때 나는 98%의 감동을 느낀 후, 2%의 침을 뱉는다. '나도 절대 질 수 없다.' 그 침 속에 내일의 내가 있다"고 말하는 저자의 자세에 박수를 쳐주고 싶다.

하루 종일 붙어 있어서인지, 더 이상 아내에게 멋있는 남자로 머물러 있을 수 없어 슬픈 아유무는 '한 사람'에 대한 깊고 강렬한 사랑이 가져다주는 열정으로 많은 사람들과 손을 잡게 된다. 그는 오스트레일리아, 동남아시아, 유라시아, 유럽, 아프리카, 남미와 북미, 일본까지 전 세계의 여러 곳을 돌아다니며 '인간의 마음속에 살고 있는 뜨거운 것은 오늘도 어제도, 동양도 서양도, 본질적으로 다르지 않음'을 알게 된다.

'사는 것이 예술'이 되기 위해서 거창한 여행 계획을 세울 필요는 없다. 그처럼 사랑하는 사람과 함께 타인을 만나고, 책을 읽고, 사진을 보고, 술을 마시고, 음악을 듣고, 빌딩을 올려다보고, 낯선 이벤트에 가는 것이 여행인지도 모른다.

여행이 때론 수행이 될 때도 있지만 그는 세계를 방랑하면서 심플하게 사는 법을 몸으로 배운다. 잠든 아내의 모습에서 훌륭한 작품이 태어나기도 하고, 한마디 한마디의 말語에 사랑을 담아 행복을 전한다. 그 결과 사랑과 자유를 찾아 떠나는 젊은이들의 필독서 《러브 앤 프리》가 탄생했다.

"많이 읽을 필요는 없어. 한 권의 책이라도 책장이 뚫어질 때까지 읽어보렴. 그 편이 진짜 '즐거움'을 느낄 수 있으니까. 많이 사랑할 필요는 없어. 한 사람이라도 마음 구석구석 사랑해보렴. 그 편이 진짜 '사랑'을 느낄 수 있으니까."

발랄한 아유무 목소리에 기대어 잠들기 전, 도시에서 보다 심플하게 사는 법에 대해 생각해본다. 매일 반복되는 일상이 지겨울 때도 있지만 사랑하는 사람을 만나고부터 나는 변했다. 누군가의 여자일 때 모든 일을 꼼꼼히 하게 된다는 에쿠니 가오리처럼, 주중 동안 정성을 다해 '마음에 맞는 일'을 하고 주말에는 '하나뿐인' 애인을 만난다. 우리는 특

"'사는 것이 예술'이 되기 위해서 거창한 여행 계획을 세울 필요는 없다."

별한 일을 하기보다 용산에 있는 국립중앙박물관에 가서 교과서에서 본 신석기 때부터 조선시대까지의 유물을 보면서 둘만의 상상극장을 열고, 오장동 함흥냉면을 먹고 집 앞을 산책하다가 (각자의) 집에 돌아와 샤워를 하고 통화하다 잠든다.

　한 사람과 먹은 밥그릇의 수만큼 정이 쌓인다고 했던가. 해를 거듭할수록 그와 나 사이는 시작하는 연인들의 설렘보다 말하지 않아도 아는 편안함에 웃는 관계가 되었다. 이미 읽은 책이지만 읽을 때마다 새로운 것을 발견하게 되는 것처럼 같은 얼굴도 여러 번 보면 매번 다른 느낌으로 다가온다. 기분에 따라 달리 읽히는 《러브 앤 프리》처럼 그는 내게 익숙한 듯 낯설다. 어디론가 떠나고 싶어서 안달이었는데 이 책을 읽고 나니 그와 함께 온 마음을 나누는 주말이 기다려진다.

　'피곤하지만 웬일인지 잠 못 이루는 밤, 온갖 것들을 모락모락 생각하면서' 가본 적 없는 모스크바 싸구려 여관의 침대 위를 굴러다니는 공상을 한다. 소중한 사람을 위해 시작한 작은 일들이 결과적으로 커다란 세계를 행복하게 해준다는 것, 산다는 건 이렇게 단순한지도 모른다.

🪨 일상을 여행처럼 사는 법

➼ 40도가 넘는 인도의 더위를 생각하며 상대적으로 덜 더운 서울에서 상쾌한 데이트를 즐긴다.

➼ 평범한 야식도 식판에 담아 먹는다. 빨강머리 앤을 따라 앙증맞은 그릇에 갓 구운 쿠키를 담아 먹어도 된다.

➼ 익숙한 출퇴근길에 멈춰서 하늘을 올려다본다.

➼ 매일 다른 책을 들고 출근한다.

➼ 늘 가던 지름길로 가지 않고 일부러 돌아가는 길을 택해서 걸어본다. 가끔 버스를 잘못 타도 당황하지 말자. 새로운 걸 발견하게 될지도 모른다.

➼ 다카하시 아유무의 말처럼 "각자가 모두 매일이라는 일상에서 '내가 가장 아름답다고 생각하는 행동'을 하면 그만인 것을."

낮의 소음을 잊고 싶을 때

BOOK
첫사랑
— 윌리엄 버틀러 예이츠

심야의 BGM
Caribbean Blue
— Enya

연휴의 한복판, 자가용도 없고 나가 놀 체력도 바닥난 가난한 연인은 오늘도 방 안에 있다. 그는 침대에 누워 정체 모를 무협지를 내리 읽고 있고, 만년 작가지망생인 그의 여자친구는 무슨 책을 읽을까 방황 중이다.

하늘은 구름 한 점 없이 파랗고 바람은 차지만 신선한 가을에 우리는 왜 아직도 방 안에 있을까. 콜록콜록. 아, 내가 감기에 걸렸지. 자연 속에서 달리고 싶은 마음은 굴뚝같지만 꼼짝할 수 없는 오늘 같은 밤, 나는 혼자 "예이츠의 섬, 이니스프리"로 간다. 돌 많은 길과 늪을 지나 한번도 가본 적 없는 길을 노래했던 천재 시인을 따라 낮의 소음을 잊어보기로 한다.

"겨울 동안 우리는 봄을 찾고, / 봄에는 여름을 부르며, / 생울타리

더부룩이 에워싸면 / 겨울이 제일이라고 말한다 / 그러고 나면 좋은 게 없다 / 아직 봄이 오지 않았으므로."

집에 있으면 밖에 나가고 싶고, 밖에 있으면 다시 집으로 들어오고 싶은 것이 간사한 사람 마음 아니던가. 백수 시절에는 달콤한 휴식도 짐이 되니 인간은 끊임없이 '지금 여기'가 아닌 '다른 어디'를 꿈꾸며 살아가는 운명을 타고난 듯 보인다.

'나 이제 일어나 가리, 이니스프리로 가리'라는 시구로 유명한, 노련한 시인 예이츠는 이런 인간의 마음을 아름다운 단어들로 미화시키며 비꼰다. 깨끗함과 더러움은 한 집안이고, 깨끗한 건 결국 더러운 걸 필요로 하게 될 것이라고 일침을 가하는 그의 시는 다른 어떤 시보다 목적적으로 나를 잡아끈다. 순식간에 눈앞의 애인이 사라졌다.

20세기의 가장 위대한 시인은 내게 집에 뮤즈를 불러들이라며 세이렌(그리스 신화에 나오는 바다의 요정)과 같은 매혹적인 목소리로 말한다. 오히려 짧은 영어 독해 능력이라도 번역문이 아닌 원문 그대로 읽으면 꿈 같기도 하고 뜻을 알 수 없는 노래 같아서 더 좋은 시들이다. 다만, 한 단어 한 단어를 뜨거운 차 마시듯 천천히 음미해야 느낌이 온다. 이런 감상법이 산문과 다른 운문의 장점이자 단점이 된다. 요즘 같이 초 단위 삶을 살고 있는 우리가 언제 시를, 그것도 영어로 읽는단 말인가. 무모해서 좋고 아무것도 바라지 않고 바라만 볼 수 있어서 좋다.

진지함이나 의젓함 또는 의무감에 짓눌려 하루를 살았다면 말간 얼굴로 몇 분간 영시를 읽어보자. 학창 시절엔 다만 시험문제를 잘 풀기 위해 배웠던 시들이 이제는 자유롭게 날아와 머릿속을 간질이며 삶을 유연하게 만든다.

마지막으로 내가 외우고 다닐 정도로 사랑했던 예이츠의 시 〈술노래 A Drinking Song〉를 인용한다. 이 시는 한글로 읽어도 영어로 읽어도 여러 번 다시 읽어야 그 뜻이 가슴속에 스며들 것이다.

술은 입으로 들고
사랑은 눈으로 든다
우리가 늙어서 죽기 전에
알아야 할 진실은 그것뿐.
나는 내 입으로 잔을 가져가며
그대를 바라보고, 한숨 짓는다.

Wine comes in at the mouth
And love comes in at the eye;
That's all we shall know for truth.
Before we grow old and die,
I lift the glass to my mouth,
I look at you, and I sigh.

"무모해서 좋고 아무것도 바라지 않고 바라만 볼 수 있어서 좋다."

다시 내 옆에서, 이제는 책을 배에 얹고 자는 그를 바라본다. 입으로 술을 마시고 눈으로 사랑을 담으며 세월과 함께 변해가는 그 얼굴을 사랑하고 싶다. 그러다 늙어서 머리 희어지고 잠이 많아져 창가에서 졸게 되거든 이 시집을 꺼내서 천천히 다시 소리 내 읽으리다.

📖 예이츠를 처음 만난 날

➡ 감정을 느끼는 자들을 악으로 교화시키고 몰살시키는 내용의 영화 〈이퀼리브리엄 Equilibrium〉에서 패트리지(숀 빈)가 죽기 전에 손에 쥐고 있던 책이 바로 예이츠가 쓴 《갈대밭의 바람 The Wind Among the Reeds》이었다. 패트리지는 존(크리스찬 베일)에게 이 시집 중에서 〈하늘의 천 He wishes for the cloths of Heaven〉이라는 시의 한 구절을 말해주고는 죽어버린다. 어둡고 암울한 이 영화의 명장면은 예이츠의 시 한 구절로 완성되었다.

나는 가난하여 가진 것이 꿈뿐이라
내 꿈을 그대 발밑에 깔았습니다
사뿐히 밟으소서, 그대 밟는 것 내 꿈이오니.

But I, being poor, have only my dreams;
I have spread my dreams under your feet;
Tread softly because you tread on my dreams.

도무지 잠이 오지 않는 밤

BOOK
섬
─ 장 그르니에

심야의 BGM

Quiet
─ Rachael Yamagata

한밤중인데 주책없이 깨버렸다. 달빛 하나 없이 온 세상이 까맣고 모두가 잠들어서 시계소리만 들리는 밤. 누군가에게 전화를 걸어 이야기하고 싶지만 잠을 깨우기가 미안해서 대신 라디오를 켠다.

심야 라디오의 DJ는 조근조근한 목소리로 지나간 영화 이야기를 하고 있다. 가만히 듣고 있는데 잠이 쉽게 들 것 같지가 않다. 낮에 있었던 약간의 말다툼, 빌려주고 받지 못한 돈, 내일 입고 나갈 옷, 거기에 맞는 신발 등을 머릿속으로 두서없이 생각하다 보니 눈이 더 말똥말똥 떠진다. 아침 일찍 미팅도 있어서 이렇게 마냥 밤을 지새울 수는 없는데…. "한밤중에 잠깨어 나는 과연 무슨 가치가 있는 존재일까를 가늠해 볼 때, 존재하지 않는 것에 대하여 생각이 미칠 때, 잠이 그대를 돌처럼 굳어지게 할 때, 대낮은 그대를 속여 위로한다. 그러나 밤은 무대 장치조차 없다."

무대 장치조차 없는 심야, 그 밤에 속절없이 정복당하기 전에 조치를 취해야겠다. 알베르 카뮈의 스승이자 내 마음의 구루Guru(정신적 스승)인 장 그르니에를 책장에서 꺼낸다. 그는 한밤의 침묵과 가장 잘 어울리는 작가다.

내 블로그에 '장 그르니에'를 검색해보았다. 10개가 넘는 포스트가 보인다. '책을 읽는 일은 곧 침묵을 읽는 일이다'라는 사실을 가르쳐준 것도 그였다. 그의 산문을 읽는 밤은 언제나 이렇게 예고도 없이 '운명처럼' 찾아온다.

학교 도서관 800번대 서가에서 처음 만난 산문집《섬》은 제목 그대로 나를 아무도 모르는 '섬'으로 데려가서 한순간 모든 것을 잊게 만들었다. 바로 대출해서 집으로 갖고 '뛰었다.' 그만큼 치명적으로 아름다운 문장들이 가득한 이 책은 불면증에도 특효가 있다. 그의 충실한 고양이 물루가 '내가 잠을 깰 때마다 세계와 나 사이에 다시 살아나는 저 거리감을 없애'주는 것처럼 나에게 있어서는 이 책이 바로 그런 역할을 한다. 흥분한 심장은 진정되고 정신이 서서히 몽롱해지면서 낮에는 그냥 지나칠 만한 주제에 대해 진지하게 연구하고 싶은 마음이 스멀스멀 피어나온다.

그를 따라 낯선 도시에서 비밀스러운 삶을 사는 나를 상상해본다.

어디에 살았고, 어떤 대학을 나왔고, 무슨 일을 하는지 주변 사람들은 아무도 모른다. 물어보면 원래 낮은 지위를 더 낮게 말한다. 배운것도 없고 직장도 다닌 적 없고 그저 꽃이 좋아 꽃다발이나 꽃바구니를 만들며 산다고. "내게는 익숙한 어떤 사상을 누가 장황하게 이야기한다면 나는 그런 것을 처음 듣는 것처럼 하고 싶다." 그러나 이런 비밀을 간직하면서도 그날의 뉴스, 기분, (속)옷, 먹을 것 등의 사소한 이야기를 자세하게 손님들과 주고받는다. 하하호호. 헤어지면 잔상이 남지 않는 그런 대화들.

어느새 저자가 소개한 케르겔렌군도(《섬》에 실린 네 편의 에세이 중 한 편의 제목으로 낯설고 비밀스러운 삶에 대해 이야기한다)에 도둑처럼 살고 있는 것만 같다. 다른 가면을 썼지만 오히려 감추어진 삶에는 어떤 위대함이 숨어 있는 것처럼 느껴진다. 그는 "하나하나의 사물을 아름답게 만드는 비밀을 예찬했다. 비밀이 없이는 행복도 없다는 것을" 강조했다.

나는 현실에선 그리 알려져 있지도 않으면서 조그만 노출에도 예민하게 반응하며 산다. 또 숨어 있는 걸 좋아하는 반면 유명해지고 싶어서 블로그나 트위터처럼 공개된 곳에 글을 쓰는 이중적 인간이다. (이런, 자기반성이 시작되고 있다.) 과도한 자의식의 출현으로 잠이 달아나기 전에 다시 섬의 텍스트에 몸을 맡겨본다.

사실, 이 책을 처음 열어보게 된 이유는 알베르 카뮈의 멋들어진 추천사의 역할이 크다. 카뮈는 장 그르니에의 제자였으며 그에게서 큰

"흥분한 심장은 진정되고 정신이 서서히 몽롱해지면서
낮에는 그냥 지나칠 만한 주제에 대해 진지하게
연구하고 싶은 마음이 스멀스멀 피어나온다."

영향을 받았지만 현대에는 많은 사람들이 카뮈를 통해 장 그르니에에 입문한다. 카뮈는 '오늘 처음으로 이《섬》을 열어보게 되는 저 낯 모르는 젊은 사람을 뜨거운 마음으로 부러워한다'는 말로 헌사를 마친다. 한 페이지 한 페이지를 넘길 때마다 나도 위대한 카뮈와 같은 계시를 받는 듯하여 어깨가 으쓱해진다.

흔들리는 지하철에서라면 바로 책을 덮어버렸을 것 같은 철학적 문장들을 잠 못 드는 이 밤이 아니면 언제 읽겠는가? 동시에 내 주의를 에워싼 침묵들이 하나씩 하나씩 더해져 간다. 밤에 더욱 크게 들리는 시계바늘 소리, 차가 지나갈 때마다 짖는 앞집 개의 울음소리, 뒤척인 때마다 삐걱대는 내 오래된 침대 매트리스의 스프링 소리 등이 침묵을 깨고 등장한다.

《섬》을 읽을 때에는 음악도 필요 없다. 믿을 수 있는 역자 김화영의 유려한 번역으로 비처럼 음악처럼 읽힌다. 짐승들이 가만히 엎드려 대자연과 교감하는 것처럼 새벽 3시에 오직 반듯이 누워 침묵과 휴식에 골똘히 집중해본다. 그가 표현해놓은 고양이들의 습성을 잠시 들어보자.

"그들의 삶은 다른 동물들의 삶과 정반대가 되는 것이다. 다른 동물들이 잠들 때 그들은 잠 깨어 일어난다. (…) 일체의 노동이란 노예 생활이라고 여기는 존재들이 거기서, 인간이라면 오로지 가장 부유한 이들만이 누릴 수 있을 화려한 사랑놀이를 벌이고 있는 것이다."

한 번도 생각해본 적 없는 고양이의 야행성이 이토록 매력적으로 다가오다니, 평범한 소재가 미술관에 걸어놓아도 될 만한 작품으로 재탄생되는 순간이다. 나는 불면으로 인해 '가장 부유한 이들이 누리는 사랑놀이'를 할 수 있게 되었다.

잠 안 올 때 시처럼 읽히는 침묵에 관한 잠언들

➻ 괴테의 '언어는 성스러운 침묵에 기초한다.'

➻ 막스 피카르트의 '자기의 본질 속에 아직도 침묵이 존재하는 인간은 그 침묵으로부터 외부 세계로 움직여 나아간다.'

➻ 미셸 투르니에의 '내 밤의 고독은 어떤 엄청난 기대의 또 다른 이름이다. 잠든 자의 기대인 동시에 깨어 있는 자의 기대.'

➻ 장 그르니에의 '침묵은 망각을 돕는다. 우리 마음속의 고통은 우리가 내뱉는 말을 먹고 자라는 것이다.'

➻ L.A. 세네카의 '가벼운 슬픔은 말이 많고, 큰 슬픔은 말이 없다.'

➻ 파스칼 키냐르의 '한 권의 책을 펼치면, 갑자기 목소리라는 질료 없이도, 침묵하는 기록만으로도 일거에 책에서부터, 침묵에서부터, 책의 침묵 곁으로, 영혼 안으로 강렬한 한 세계가 솟아올랐다.'

06

마음속에 나만의
도서관을 만든다

보는 법을 다시 배우고 싶을 때

BOOK
말테의 수기
— 라이너 마리아 릴케

심야의 BGM
Welcome
— Maxwell

"사람들은 살기 위해서 여기로 몰려드는데, 나는 오히려 사람들이 여기서 죽을 것 같다는 생각이 든다."

시집 같으면서 잠언집 같은 독특한 소설 《말테의 수기》는 이렇게 시작된다. 살기 위해서가 아니라 오히려 죽기 위해 자선병원을 찾아가는 인간 군상이라니…, 지금까지 읽은 수많은 고전 중에 가장 기억에 남는 소설의 도입부다.

이름마저 연약한 라이너 마리아 릴케. 실제 그는 여성적이며 다정다감하기 그지없는 성격이었다고 한다. 그의 자전적 소설인 《말테의 수기》는 절대로 시끄러운 곳에서 읽어 내려갈 수 없는 책이다. 〈민음사 세계문학전집〉을 한 권씩 모으면서 릴케라는 작가 이름만 믿고 구매했는데 도통 한낮의 카페에서 집중하며 읽을 수가 없었다. 워낙 세세한 배경과 심리 묘사 탓도 있지만 도스토예프스키의 《지하생활자의 일기》에 버금가는 죄와 악에 대한 공포스러운 체험이 바탕이 되다 보니 아무도 날 방해하지 않는 밤이 되어야만 페이지가 넘어간다.

책 속 말테는 문학을 꿈꾸는 릴케의 분신이라고 할 수 있다. 말테의 '절망의 기록'이 어둡거나 무겁기만 한 것은 아니다. 릴케의 감수성이 소설 전체에 형상화되며 사람과 사물, 세상을 제대로 보는 법을 부드럽게 가르쳐주기 때문이다. 조근조근 할 말 다하는 이 소설의 한 문장 한 문장을 읽어 내려가다 보면 어느새 세상에 둘도 없는 시인이 된 것 같은 착각이 든다.

파리의 국립도서관에서 말테는 한 시인의 작품을 읽고 있다. "아, 책 읽는 사람들 속에 있는 게 너무도 좋다. 왜 사람들은 늘 책 읽을 때와 같지 않을까?" 많은 생각과 수많은 사람에 대한 추억이 그를 덮친다.

"어쩌면 사람은 그 모든 추억에 다다르기 위해서 나이를 먹지 않으면 안 될지도 모른다"며 늙는 게 좋다는 시인의 말에 밑줄을 긋다 보니, 이 밤에 시 한 편 적고 싶어진다. 적어도 이 책을 읽는 순간만큼은 감수성을 질질 흘려도 될 것 같다. '하루에 한편씩 빨래를 널 듯이 척척 쓰고 싶어요 / 감정이 격할 때는 식물 같은 시를 / 들판에 모여있는 양떼같이 차분할 땐 동물 같은 시를'로 시작하는 내 첫 습작시라도 소환할 기세다.

아, 그러나 우리의 조심성 많은 시인, 말테는 사람이 젊어서 시를

"추억이 많으면 그것을 잊을 수도 있어야 하고, 그 추억이 피가 되고,
시선과 몸짓이 되고, 이름도 없이 우리들 자신과 구별되지 않을 때를
기다려야 한다는 것이다."

쓰게 되면 훌륭한 시를 쓸 수 없다고 충고한다. 시를 쓰기 위해서는 때가 오기까지 기다려야 하고, 한 줄의 시를 쓰기 위해서 수많은 도시들, 사람들 그리고 사물들을 직접 보아야만 한다. 그런데 추억이 있다는 것으로도 아직 충분하지 않다. "시인이 되는 일이 쉬울 줄 알았더냐!"라고 꾸짖는 듯 하다. 추억이 많으면 그것을 잊을 수도 있어야 하고, 그 추억이 피가 되고, 시선과 몸짓이 되고, 이름도 없이 우리들 자신과 구별되지 않을 때를 기다려야 한다는 것이다.

이렇게 이 책은 시인을 꿈꾸는 젊은이들에게(릴케가 자신에게 편지를 보내오는 어린 시인 지망생에게 보낸 편지들을 엮어《젊은 시인에게 보내는 편지》라는 제목으로 출간되었다. 시인을 꿈꾸는 젊은이에게 주는 릴케의 조언을 엿볼 수 있다) 최고의 안내서가 된다.

그의 문장을 천천히 음미해보면 평범한 순간도 꿈속 한 장면으로 탈바꿈한다. "어둠 속에서 촛불을 밝히고, 희미한 안도의 빛을 설탕물처럼" 마시게 된다. '많은 것을 보고 배우고 싶은 이들의 열망'을 대변하는 말테. 결국 또 릴케가 되는 그의 기록을 한 줄씩 읽어감에 따라 다른 세계가 열리는 것 같다. 하고 싶은 것은 많은데 아무것도 이루지 못한 이십 대 초반, 나는 지나치게 고독하고 연약한 말테를 많이 사랑하고 보듬곤 했다. 그가 고백했듯이 정말 어려웠던 나의 처지를 오히려 더 어렵게 만들어주는 역할을 했던 것은 내가 몰두해서 열거해보곤 하던 문제들이었다. 나는 그때 가장 많은 글을 썼다.

체면상 말한다던 그의 고백은 모두 내 것이었다. 이 한 편의 소설은 '고독의 서사시'였고 불타는 독서열을 달래준 유일한 글쓰기 친구였으며, 문학과 철학, 차와 빵, 그림과 음악을 나눌 수 있는 관계를 꿈꾸게 만들었다.

하지만 그렇게 많이 읽고도 아직까지 이 책의 리뷰를 제대로 남겨 본 적이 없다. 성경보다 훨씬 적은 분량이지만 한 문장 한 문장 기도하는 마음으로 읽었기 때문일까. 이 책에 관해선 나는 올바른 독서가가 아니었음을 고백한다. 단지 내면 깊숙이 그를 묻어두고 싶었는지도 모른다. 아무도 나를 찾지 않는 이 밤에 나 홀로 기꺼이 깨어서 말이다.

> "장미꽃이여, 오 순수한 모순이여, 이리도 많은 눈꺼풀 아래
> 그 누구의 잠도 아닌 기꺼움이여."
> — 릴케의 묘비명에서

📘 시인이 되고 싶은 당신을 위한 가장 정답에 가까운 안내서

➤ 시가 될 만한 추억이 없다면, 땅 속에 묻혀버린 것 같은 어린 시절의 기억이라도 떠올려보아라. 지독하게 아팠던 기억도 좋다.

➤ "아무것도 한 일이 없다"고 큰 소리로 외치자. 다시 한 번 "아무것도 한 일이 없다"고 속삭여보자.

➤ 어떤 일이든지 미지의 상태로 놓아두는 것은 좋지 않다. 알지 못하는 지역의 길, 뜻밖의 만남, 오랫동안 다가오는 것을 지켜본 이별, 조용하고도 한적한 방에서 보낸 시간들을 자신만의 언어로 기록해두자.

➤ 당신의 마음을 전율케 하는 무언가가 솟아오르면 마음껏 표현하라. 당신의 말에 귀 기울이는 사람이 별로 없다는 사실을 마음껏 누려라. 한마디 말에도 무너지기 쉬운 유명인이 아니라는 게 얼마나 다행인가.

➤ 보는 법을 배우고 있는 지금, 무언가 일을 시작해야만 한다. 시인은 골방에 처박혀 있지 않는다. 몸을 움직여 밖에 나가 산책을 시도해보자.

책이 어떻게 만들어지는지
알고 싶을 때

BOOK
소설
— 제임스 미치너

심야의 BGM
Rach.3
— 영화 〈샤인 Shine〉 OST

취업을 위해 처음 출판사에 갔을 때였다. 책 좀 읽고 살았다고 자부했던 나는 생전 처음 보는 책들에 둘러싸여 소위 문화적 충격까지 받았다. 대형 서점에 가도 소설·에세이 코너 이외엔 거들떠보지도 않았던 문학도는 세상에 실용서, 자기계발서, 경제경영서라는 분야와 소설가나 작가 이외에 편집자라는 존재가 있음을 알게 되었다. 이들을 알아가면서 책이라는 것을 다른 시각으로 바라보게 되었다.

많은 사람들이 책은 저자가 글을 쓰고 출판사가 그것을 그대로 찍어내는 줄 안다. 하지만 저자는 원고만 쓸 뿐(간혹 저자가 기가 막힌 제목을 지어주기도 한다) 그 외에 책의 제목과 부제, 차례 등 기본적인 구성과 디자인은 편집자에 의해서 편집되고 조율되어 책으로 만들어진다. 즉, 편집자는 저자와 독자를 이어주는 사람이다. 때론 예술성보단 대중성에 초점을 두고 편집해야 할 때가 많다. 작가가 자꾸 독자들과 멀어지고, '자기만의 예술'에 빠지려고 할 때 중심을 잡고 그들을 양지(?)로 인도한다. 편집자 생활을 오래 하다 보니 예술성만을 원했던 순수한 독자로서의 시절이 그리워지기도 한다.

편집자가 된 후 기쁠 때나 슬플 때, 혹은 심하게 아픈 날에도 부적처럼 가지고 다니는 책이 바로 제임스 미치너의 《소설》이다. 제목 그대로 소설을 둘러싼 작가, 편집자, 비평가, 독자의 네 가지 시선을 모두 맛볼 수 있는 소설이다. 직업적인 이유로 읽기 시작했지만 일반 독자들도 고집스러운 작가 '루카스 요더' 편만 꾹 참고 읽으면 한 권의 책이 어떤 과정을 거쳐 출판되는지 생생히 알 수 있어 흥미로울 것이다.

《소설》속에서 울고 웃는 사람들은 모두 책을 사랑하는 사람들이다. 책을 사랑하기 때문에 만나고, 관계를 맺고, 책에 관한 논쟁을 즐긴다. 아무런 약속도 없는 주말을 앞두고 있는 이 여유로운 새벽, 미치너의 촘촘한 소설론을 통해 소설과 사랑에 빠져본다.

편집자 이본 마멜이 '쓰레기산'이라 불리는 원고더미에서 벗어나 본격적으로 편집자로서 성공하는 이야기를 다룬 두 번째 장이 특히 매력적이다. 그녀의 성장 과정을 지켜보는 내내 가슴이 뛰었다. "작가들이 쓴 글을 받아서는 준비가 됐다 싶을 때 그것에 알맞은 시장을 찾는 일"을 차근차근 익혀가며 그녀는 진짜 자신이 좋아하는 작가의 책을 만드는 영광을 누리게 된다. 출판사를 살려주는 사람은 바로 독자들뿐이라는 사실도 깨닫게 된다.

그녀는 훌륭한 편집자로서 세 가지 자질을 지니고 있다. 첫째, 독자들이 읽고 싶어 하는 멋진 소설을 찾아내는 능력, 둘째, 시류에 적합한 주제들을 찾아내고 또 그것을 논픽션 책으로 엮어낼 적절한 작가를 발굴하는 능력, 마지막으로 가장 중요한, 15년이 지나도 읽고 싶을 책을 만들어내는 능력을 갖추고 있다.

잘나가는 뉴욕의 편집자인 그녀에게 네 번째 작품까지도 빛을 보지 못하는 독일인 작가 요더는 늘 걸림돌이 된다. 혼돈의 원고에 질서를 부여하는 편집자로서 그녀는 요더의 변신과 성장을 돕는다. 그리고 어린아이처럼 계약만 해놓고 원고를 완성하지 못하는 애인, 베노의 집필에도 큰 도움을 준다. 그러나 이 철없고 자존심만 센 남자는 최고의 편집자에게 그토록 많은 후원을 받으면서도 아무런 결실도 맺지 못한다. 그러다 요더의 다섯 번째 소설 《헥스》가 드디어 베스트셀러가 되자 베노의 질투심과 패배감은 극에 달하게 된다.

왜 성공한 여자들은 자기보다 못한 남자를 구원하지 못해 안달일까? 독자들이 원하는 소설을 쓰기 위해 필요한 작가의 자질은 무엇일까? 문학계에서 비평가가 '독이 든 사과'인 이유는? 등등 흥미로운 뒷이야기가 가득한 《소설》을 매일 밤 조금씩 읽다 보면 문학과 출판, 편집과 비평의 청사진을 그릴 수 있다.

"인생에 있어서 단 한 권이라도 '내 책 쓰기'를
실천한 작가들은 모두 행운아인 것 같다."

무엇보다 이 소설은 혼자만의 독백이 아닌, 서로 다른 네 개의 시선을 통해 재구성하는 '우리들의 이야기'가 주가 된다. 결국 소설 하나로 연결되는 이야기이기에 차례대로 읽을 필요도 없고 작가가 되고 싶은 사람은 작가 편을, 독자 입장이 궁금하다면 독자 편을 먼저 읽으면 된다. 감정이입하기 좋은 장은 여러 번 읽어도 좋다. ('초보편집자'인 나는 편집자 편만 네 번 읽었다.) 언어에 대한 사랑과 이야기에 대한 정열, 그리고 좋은 책을 만들려는 노력 등을 나누어주는 친절한 소설이다.

아무리 전쟁을 두 번 참전하고 부모와 친구의 죽음을 지켜봤어도 그것을 의미 있는 방식으로 글로 옮기지 못한다면 그 경험은 결코 소설이 될 수 없다. 훌륭한 소설에 대한 견해가 아무리 뛰어나도 자신만의 '불멸의 원고'를 완성하지 못하면 독자들은 끝내 그 소설의 존재를 알지 못한다. 작가가 꿈만 꾸고 그 꿈을 조심스럽게 선택된 6만 개의 잘 꾸며진 단어들로 전환시키지 못했다면 이 대단한 소설을 읽을 기회는 없었을 것이다.

50페이지만 꾸준히 읽어 내려가면 '사람들이 사는 세상'에 관한 가장 지적인 해석을 충분히 이해할 수 있다. 500페이지에 달하는 이 소설의 모든 단어들은 다 노래하듯 울려 퍼진다. 인생에 있어서 단 한 권이라도 '내 책 쓰기'를 실천한 작가들은 모두 행운아인 것 같다. 파편화된 업적과 무의미한 일상을 한 권의 '편집된' 생각으로 갈무리해서 늘 읽어볼 수 있다는 건 백 명의 미니멀리스트도 못 누릴 최고의 자산이기 때문이다.

책과 함께 일하는 모든 사람에게 은총을….

📖《소설》로 배우는 '소설이란 무엇인가?'

➥ 서로의 꿈을 교환하는 것. 그게 바로 소설이다.

➥ 소설은 곧 성장을 보여주는 것이다.

➥ 글쓰기란 신체의 모든 부분을 다 동원해 이루어지는 행위다. 즉 주전자의 물이 끓을 때
그 속에 모든 재료를 다 집어넣어야 한다. 그렇지 않으면 당신은 작가가 될 수 없다.

➥ 소설을 쓴다는 것은 실제 상황에 있는 실제 인물들에게 생명을 불어넣는 작업이다.

➥ 작가는 위대한 진실 위에 소설을 얹어놓고 독자들은 그 아래에 숨어 있는 진실을
찾아내야 한다.

➥ 말하지 마라. 대신 글로 발표하라.

두 얼굴을 가진 신을 보고 싶을 때

BOOK
데미안
— 헤르만 헤세

심야의 BGM
Crack the Shutters
— Snow Patrol

책보다 컴퓨터게임을 더 좋아했던 소녀는 윗집에 사는 잘생긴 소년의
어머니에게 잘 보이고 싶은 마음에 그 집에 놀러 가 자주 책 읽는 척을
하곤 했다. 그러다 가장 강력한 수면제를 만나 책상 밑에서 잠든 적이
있다. 글씨도 아주 크고 그림도 많은 〈어린이 세계문학전집〉 중 한 권이
었음에도 이해할 수 없는 문장들이 툭툭 튀어나오는 책이었다. 어느 나
라 사람인지 짐작조차 할 수 없었던, 헤르만 헤세의 《데미안》.

　이 소녀는 바로 나다. 그렇게 어릴 적 나를 졸리게 한 책이건만 어
느새 데미안은 내 심장 속으로 들어와 있었다.

　"내가 열 살이고 작은 도시의 라틴어 학교에 다니던 시절의 체험
하나로 내 이야기를 시작하려 한다."

책은 이렇게 시작한다. 처음 만났을 당시 나와 나이도 같던 주인공, 싱클레어. 그를 스무 살이 넘어 다시 만났다. 내가 자란 만큼 싱클레어와 데미안이 가깝게 느껴졌지만, 그렇다고 완전히 이해할 수는 없었다.

다시 만난 데미안은 신과 가장 닮은 모습을 하고 있었다. 데미안Demian이라는 이름은 독일어 데몬Dāmon, 즉 '악마에 홀린 것'이라는 뜻에서 유래했다고 한다. 드라큘라라도 데리고 와 함께 잠들고 싶을 정도로 잠이 오지 않을 때면 그를 만나러 간다. 어렵기만 했던 존재가 내 곁에 와서 세상에서 가장 편안한 자장가를 불러주는 듯하다.

"수업 중에 내가 아주 강렬하게 내 자신의 생각에 열중하고 있으면, (…) 나는 조용히 있을 수 있었다." 남이 나를 그대로 내버려둘 만큼 열중해 있는 것! 나는 싱클레어처럼 몇 년간 줄곧 오직 나 자신에게 열중해 있었다. 그래서 이 짧은 문장들로 직조된 성장 소설을 읽으면, 내면의 소리가 들려서인지 긴장감이 사라지고 스르르 잠이 드는지도 모른다.

데미안은 재미없게 이야기할 수밖에 없는 존재이기도 하다. 이 소설은 지나치게 상징적인 문장과 진부한 대화의 연속이기 때문이다. 하지만 철학이란 '아가리 닥치고 배 깔고 엎드려 생각하기'라고 할 정도의 재치는 있다. 아마 〈데미안〉에서 가장 유명한 구절은 다음일 것이다.

"새는 알에서 나오려고 투쟁한다. 알은 세계이다. 태어나려는 자는 하나의 세계를 깨뜨려야 한다. 새는 신에게로 날아간다.

신의 이름은 압락사스."

압락사스는 천사와 악마, 두 얼굴을 가진 신이다. 온몸이 부서지는 투쟁 끝에 만난 신은 결코 도덕적일 수는 없다. 오늘 밤도, 나는 나의 부도덕을 데미안에게 고백하고 잠든다. 누구보다 정신적 가치를 소중하게 여기는 것처럼 보이지만 나만큼 속물적인 인간도 없을 것이다. 가끔씩 차도 있고, 경제력도 빵빵한 남편에게 의지해서 직장 생활도 안 하고 돈이나 펑펑 쓰면서 살고 싶다. 그럼 이렇게 별 거 없으면서 과거의 영광을 잊지 못하는 장사치들의 글을 만지거나 편집자의 편집권을 지켜주지 않는 사람들의 비위를 맞추며 살지 않아도 될 텐데 말이다. 그렇지만 또 막상 그 상황이 되면 내 손을 거쳐 새롭게 태어나는 책 만드는 희열을 포기하지 못할지도 모르겠다.

십 년 가까이 책과 관련된 블로그를 운영하면서 수많은 책들을 글로 남겼지만 몸이 상할 정도로 마셔대던 커피와 같이 습관처럼 읽었던 《데미안》을 대놓고 이야기한 적은 없다. 모두가 아는 명작인데, 마치 나만 아는 책처럼, 나만의 경전처럼 숨어서 읽고 입 밖으로 내뱉지 않고 안으로 삼켰다. 이 책을 어느 정도 이해했다고 말하기엔 내 세계가 아직 견고하지 못하기 때문이다. 읽어도 읽어도 여전히 미궁 속이다.

사랑할 때와 헤어질 때가 분명한 변증법의 나라가 그리운 밤. 나는 내 방에 싱클레어, 데미안, 베아트리체, 에바 부인을 조용히 초대한다.

"새는 알에서 나오려고 투쟁한다. 알은 세계이다.
태어나려는 자는 하나의 세계를 깨뜨려야 한다.
새는 신에게로 날아간다. 신의 이름은 압락사스."

대학의 모든 것이 실망이었다. 내가 들은 문학 강의는 휴학 시절 읽었던 K작가의 비망록보다 시시했다. "대학에서 공부하는 젊은이들의 방랑과 똑같이 실체 없고 공장식이었다." 그럼에도 나는 졸업장을 따기 위해 꼬박꼬박 학점을 땄다.

자신만의 길을 가는 사람에게는 언제나 사람들의 곱지 않은 시선이 따라온다. 그러면 그럴수록 그 사람은 자신만의 세계에 갇히게 된다. 데미안은 20세기를 넘어 21세기에도, 이렇게 방 안에만 처박혀 있는 젊은이들에게 해방구가 되어준다. 아무것도 이루지 못하고 대학 교수의 오래된 강의노트나 달달 외운 나 자신을 위해 '데미안'과 함께 진지하고 농익은 밤을 보낼 수 있었기에 만족하며 잠든다.

오늘의 명언. "중요한 것은 오직 현재 자신에게 주어진 길을 꾸준히 똑바로 나아가며 이를 남과 비교하지 않는 것이다"라고 헤르만 헤세는 말했다.

📗 헤르만 헤세의 다른 책 《수레바퀴 아래서》 (민음사, 2001)

➡ 《데미안》과 유사한 분위기의 이 장편소설은 청소년기의 고뇌와 성적 위주의 교육 제도에 대한 비판을 담고 있는 전형적인 헤세의 소설이다. 또한 헤세의 자전적 소설로 그를 이해하는 데 도움을 받을 수 있다. 우리나라의 학창 시절을 떠올린다면 나와 상관없이 돌아가는 사회의 수레바퀴 아래에 깔린 소년의 모습에 더욱 감정이입할 수 있을 것이다.

외로움을 고독으로
승화시키고 싶을 때

BOOK
보이는 어둠
— 윌리엄 스타이런

심야의 BGM
No Surprises
— Radiohead

우울증은 일반인의 상식으론, 뭐라고 꼬집어 말할 수도, 제대로 표현할 수도 없는 정신병이다. 대학 입시의 실패로 겪었던 내 '보이는 어둠'은 윌리엄 스타이런이 증언하는 우울증의 (겨우) 초기 단계에 해당했던 것으로 보인다. 그만큼 《소피의 선택》의 작가, 스타이런이 겪은 절망은 자살이 꿈처럼 느껴지게끔 만드는 위력을 발휘했다. 《보이는 어둠》은 영혼이 서서히 어둠 속으로 잠기는, 우울증에 대한 짧지만 가장 문학적인 회고록이다.

　어둠이 보인다니, 무슨 말일까. 점점 더 알 수 없는 공포 속으로 빠져 들어간다는 것일까. 스타이런은 친분이 있던 로맹 가리 Romain Gary, (러시아에서 태어나 프랑스에서 자란 소설가. 권총으로 자살했다. '에밀

아자르'라는 필명으로 《자기 앞의 생》을 쓰기도 했다)와 카뮈의 죽음을 목격하고도 그 끝없는 하얀 공포를 이해할 수 없었다.

그의 철저한 조사에 따르면 자살을 통해 우울증의 희생자가 된 사람들 중 20%가 시인이었다고 한다. 실비아 플라스Sylvia Plath, 어니스트 헤밍웨이, 앤 섹스턴Anne Sexton, 존 베리먼John Berryman, 버지니아 울프, 잭 런던, 반 고흐 등 불꽃처럼 살다가 슬프게 쓰려져간 근대 예술가들을 나열하자면 끝이 없다. (가장 가까이 대중적으로 많은 사랑을 받는 연예인들의 잇따른 자살을 자주 경험한다.) 창작에 있어서 우울(감)은 축복이라고도 하지만, 침울함이나 초조를 지나 극단적인 자기혐오에 이르는 발작 상태에선 그 누구도 그들을 막을 수 없었다.

지금 밖은 어둡다. 나는 내 생애 한 번도 겪지 못한 '한낮의 우울'을 언어를 통해 체험하고 있다. 우울증으로 자살한 이들을 사람들은 나약하다며 쉽게 손가락질 하지만, 이를 겪어본 사람들은 말기 암 희생자를 비난할 수 없는 것과 마찬가지로 그들의 죽음을 애도한다. 고문에 가까운 정신적 고통을 매일 밤 견디는 건 얼마나 힘든 일일까.

사람들은 누구나 자신에게 소중한 사람들을 잃어버릴까 봐 두려워한다고 한다. 언젠가 자기를 버릴지도 모른다는, 방기에 대한 극심한 공포는 작가가 혼자 남겨진 순간에 극대화된다. 삼십 년간 눈이 오나 비가 오나 나의 보금자리가 되어주었던 집의 모든 것들이 나를 공격하는 것 같고, 햇살 가득한 숲의 상쾌한 공기가 내 숨을 조여 오는 듯하고, 가

"자신은 안전한 해변에 서 있다고 수수방관하지 말고
물에 빠져 허우적거리는 사람에게 '용기를 내라!'고
끊임없이 격려해주어야 한다."

장 사랑하는 사람이 자신을 비난하고 결국엔 버릴 것이라는 망상이 온 정신을 집어삼킨다. 이런 극도의 우울증으로 인해 자신의 뇌가 사고하는 기관이라기보다는 차라리 매순간 다양하게 바뀌는 고충을 기록하는 기계에 불과하다고 느끼게 될 수 있다.

우울증 환자는 행군하는 부상병처럼 일상의 모든 행동에 연극적인 요소가 필요하다. 스타이런은 이런 상태를 "나는 자기 살해자인 동시에 희생자였으며, 고독한 배우인 동시에 외로운 관객이었다"라고 표현한다.

어린 시절 겪은 큰 상실감을 미처 애도하지 못하고 보낸 탓에 그는 성인이 되고 작가로서 성공한 후에도 죽음에 이르는 병에 걸렸다고 고백한다. 이 책은 절망을 넘어선 절망을 극복하고 또 다시 '눈부신 세상' 속에 나오게 된 한 남자의 치열한 고통극복기를 담고 있다.

우리는 날마다 다양한 고통과 더불어 살아가는 연습이 필요하다. 자신은 안전한 해변에 서 있다고 수수방관하지 말고 물에 빠져 허우적거리는 사람에게 "용기를 내라!"고 끊임없이 격려해주어야 한다. "너만 힘든 거 아냐"라는 식으로 그들의 간절한 도움 요청을 간단히 무시하면 안된다. 그리고 스스로를 파괴하지 않을 수 없는 비극적인 사람들에게 비난을 퍼부을 권리는 누구에게도 없다.

아침에 눈을 뜨면서부터 '오늘은 무얼 해야 슬픔에 질식하지 않을까'라는 의문이 반복된다면 이 책의 처절한 문장들을 소리 내어 읽는 것도 좋은 치료법이 될 수 있다. 서서히 내 안의 어둠이 보이고, 그 어둠을 두려워하지 않게 될 것이다.

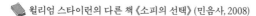 윌리엄 스타이런의 다른 책 《소피의 선택》(민음사, 2008)

➡ 메릴 스트립이 소피 역을 맡은 1982년작 영화로도 잘 알려져 있는 이 소설은 스타이런의 대표작이며 20세기를 대표하는 소설 중 하나다. 아우슈비츠 생존자인 폴란드 여성 소피의 비극적인 선택을 그리고 있다.

외롭고 쓸쓸한 도시인이
가져야 할 자세

BOOK
햄버거에 대한 명상
— 장정일

심야의 BGM
Rolling In The Deep
— Adele

저마다 한마디씩 하고 싶어서, 누군가에게 알려지고 싶어서 안달이 난 거 같은 사람들이 가득한 트위터와 잘생기고 능력 있지만 성격이 나쁜 부잣집 아들과 가난하지만 씩씩한 아가씨의 러브스토리 드라마가 반복되는 텔레비전을 피해 시집 한 권을 펴 든다.

세계는 텅 빈 껍질에 불과하지 않은가.

작가의 발언이 가슴을 파고든다. 노트에 '나는 이해할 수 없다'고 꾹꾹 힘주어 적어본다. 어차피 세상은 이해하면 이해할수록 미운 정이 드는 게 아닌가. 항상 이해하고 싶지만 이해할 수 없는 연인처럼.

《아담이 눈뜰 때》,《너에게 나를 보낸다》,《내게 거짓말을 해봐》, 《너희가 재즈를 믿느냐》 등 수많은 문제작들을 내놓고 문단에 '장정일 신드롬'을 일으켰던 장정일은 시인으로 먼저 문단에 발을 디뎠다.

김수영문학상을 수상한 첫 시집 《햄버거에 대한 명상》은 여러 가지로 문제적이다. 초판이 1987년에 나왔고 내가 가지고 있는 개정판 6쇄는 2007년에 나왔다. 표제작인 〈햄버거에 대한 명상: 가정 요리서로 쓸 수 있게 만들어진 시〉는 지금 읽어도 최신 전자회사의 매뉴얼을 읽는 것처럼 세련되게 느껴진다.

"고기를 넣고 브라운 소스를 알맞게 끼얹어 양파, 오이를 끼운다. / 이렇게 해서 명상이 끝난다. / 이 얼마나 유익한 명상인가? / 까다롭고 주의 사항이 많은 명상 끝에 / 맛이 좋고 영양 많은 미국식 간식이 만들어졌다."

내가 지금, 흔해빠진 맥도날드와 리바이스, 팝뮤직과 팝아트가 등장하는 20년 전 시집을 꺼내 읽는 이유는 사무치게 외롭기 때문이다. 길고 난해한 시가 쉽게 읽히는 이유는 그만큼 쓸쓸하기 때문이다. 너무 쓸쓸해서 내가 사들인 물건들이 나를 집어삼킬 것만 같다. 그래서 누군가가 나를 불러주길 기다리며 읽는다. 무시무시한 독서력을 자랑하는 천재 작가가 꿈꾸는 세상은 생각보다 복잡하지 않다. 한번 받아 적어본

"소설은 한 편도 쓰지 못한 재미없는 인생이지만 희망
사항란에 '희망 없음'을 적고 말없이 웃고 있는 사람들
보다 하고 싶은 일이 많으니 다행이지 않은가."

다. 분위기 있는 조명 아래에서 끙끙거리며, 좋은 시를 못 써 안달이 난 작가지망생처럼.

쉽게 끓었다 식어버리는 냄비가 아닌, 용광로에 끓이는 시는 쉽게 잊히지 않는다. 도시인들이 외롭고 쓸쓸한 이유는 모든 게 너무나 쉽게 사라지고 변하기 때문이 아닐까. 화려했던 조명도 다 꺼지고 내 노래를 들어주던 관객들도 모두 떠난 무대에 홀로 남겨진 것 같은 이 공허함을 장정일과 함께 나눠 먹는다. 언제나 다른 사람, 여기가 아닌 다른 곳에 대한 동경으로 가득 찼던 이들이라면 명상이 꽤 길어질 것이다.

하지만 시로 덮인 한 권의 책, 아무런 쓸모없고 무엇보다도 전혀 달콤하지 않은 이 시집을 누가 읽는단 말인가? 초등학교 졸업 후, 한 이십 년쯤은 부질없이 보낸 것 같다. 애인보다 믿음직한 두꺼운 책들에 둘러싸여 있던 이십 대만이 쓸모 있었다. 그래서 지금 내게 남아 있는 건 수백 권의 책, 4천여 개의 블로그 포스트뿐이다.

기억에 남을 연애 사건은 열아홉 때가 전부였고, 집을 일주일 이상 떠나본 적이 없으며, 사람들의 머리를 망치로 두드리는 것 같은 소설은 한 편도 쓰지 못한 재미없는 인생이지만 희망사항란에 '희망 없음'을 적고 말없이 웃고 있는 사람들보다 하고 싶은 일이 많으니 다행이지 않은가, 제길. 이런 쓸데없는 문장들을 적다 보니, 정말로 덜 쓸쓸해졌다. 장정일이 끝까지 날 위로한다.

"쓸쓸하여도 오늘은 죽지 말자.

앞으로 살아야 할 많은 날들은

지금껏 살았던 날에 대한

말없는 찬사이므로."

— 〈지하인간〉

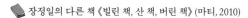 장정일의 다른 책 《빌린 책, 산 책, 버린 책》 (마티, 2010)

➠ 아. 이 멋진 제목을 보라. 실제 그는 워낙 많은 책을 읽기 때문에 도서관에서 대부분
책을 빌려다 읽고, 소장할 가치가 있으면 사고, 간혹 잘못 산 책은 공중전화 박스에
버린다고 한다. '책을 파고들수록 현실로 돌아온다'는 작가의 말은 백 번 옳다. 문득,
도서관이 그리워지게 하는 책이다.

이해할 수 없는 것에 대한 동경

BOOK
깊이에의 강요
— 파트리크 쥐스킨트

심야의 BGM
Experience
— Ludovico Einaudi

"그 젊은 여류 화가는 뛰어난 재능을 가지고 있고, 그녀의 작품들은 첫 눈에 많은 호감을 불러일으킨다. 그러나 그것들은 애석하게도 깊이가 없다."

이러한 평가를 받은 '그녀'는 전혀 그림에 손을 대지 못한다. 말없이 집 안에 앉아 멍하니 생각에 잠겨 단 한 가지 질문에 몰두한다.

"왜 나는 깊이가 없을까?"

왜 나는 깊이가 없을까. '그래 맞아, 나는 깊이가 없어!'라고 결론을 내린 젊은 여인은 서점에 가서 '가장 깊이 있는 책'을 찾는다. 그리고 비트겐슈타인의 책을 받아들었지만 과연 그것으로 무엇을 할 수 있었을까. 그림을 그리는 젊은 여인이 말이다.

잠들기 전 나는 문득 파트리크 쥐스킨트의 짤막한 이야기집,《깊이에의 강요》가 읽고 싶어졌다. 얇아서 더 아끼는 책이다. 책의 제목이기도 한 단편〈깊이에의 강요〉는 재능 있는 예술가가 평론가의 말에 비관해 자살하는 이야기다. 비극적이지만 이상하게 읽을 때마다 묘한 기운을 받는다.

그녀가 죽고 난 뒤 평론가의 말은 '귀에 걸면 귀걸이, 코에 걸면 코걸이'라는 속담이 잘 어울리는 완벽한 언어의 마술을 보여준다. 요절했기에, 초기 작품밖에 남지 않은 그녀를 일컬어, 자기 자신에 대한 피조물의 반항이 돋보인다고 말하고 있으니 말이다.

기본적으로 우리는 언제나 아무도 밟지 않은 흰 눈길을, 잘 정돈된 잔디밭과 꽃밭을 밟고 싶어 한다. 그리고 남들과 다른 것을 '틀리다'라고 규정짓고 자신의 '다르지 않음'에 안도한다. 결과에는 그에 합당한 원인이 있다고 믿는다. (없어도) 있다고 믿어야 안심하고 살 수 있기 때문이다.

미화될 수 없는 것들이 너무 많다. 어쩌면 '깊이에의 강요'는 '아름다움에 대한 강요', '이해에 대한 강박' 혹은 '이해할 수 없는 것에 대한 동경'이 아닐까. 오늘 밤도, 이해할 수 모든 것들을 차례로 적어보며 지나간 나의 '깊이 없음'을 회상해본다.

도대체 행복이란 것이
무엇인지 알 수 없을 때

BOOK
행복의 정복
— 버트런드 러셀

심야의 BGM
Who Says
— John Mayer

그들은 행복하고 나는 불행하다. 블로그, 페이스북, 인스타그램 속 사람들은 모두 바쁘고 행복해 보인다. 텔레비전 속 연예인들은 화려하고 여유롭고 유쾌해 보인다. 오늘 난, 하루 종일 세수도 않고 방 안에만 처박혀 있었는데 가끔씩 전화를 걸어 안부를 묻는 이들에겐 바쁜 척했다. 그래 놓고 문자 소리에 깜짝깜짝 놀라 휴대폰을 끌어안는다.

블로그에서는 여전히 책에 둘러싸여 유유자적 독서 중인 '책과 바람난 여자'로 존재한다. 사실 지난 일주일간 책 한 권 읽지 않고 새 책만 다섯 권 주문했을 뿐이다. 그들은 행복해 보이는 것이고, 나는 불행한 척 하는 건지도 모른다.

이렇게 내가 사는 이곳이 한 평짜리 골방처럼 느껴질 때마다 몰래 몰래 꺼내 읽는 책이 있다. 스스로 나 자신을 초라하게 만들지라도 나는 불행이 아니라 행복을 원하고 있다는 것을 깨닫게 해주는 철학자, 버트런드 러셀의 《행복의 정복》이다. 작가는 자신도 모든 것이 허무하다고 느낄 때가 종종 있다고 말한다. 그럴 때마다 그는 "어떤 철학에 의해서가 아니라 어떤 행동의 절박한 필요에 의해 그 기분에서 벗어난다." 가령, 아이가 아프다면 부모는 불행하겠지만 그렇다고 모든 것이 허무하게 느껴지지는 않는 것처럼.

모국어로 써 있어도 무슨 말인지 도통 이해가 되지 않는 보통의 철학서와 달리 러셀의 실용적인 철학은 풍부한 예를 통해 지속 가능한 행복과 건설적인 권태를 맛보게 해준다. 그의 철학은 좋은 것이 무엇인지 알려주되 나쁜 것을 눈감아주지 않고 신성한 척, 거룩한 척하지 않는 행복론이다. 그는, 글 속에서, 단지 즐기고 있는 듯 보인다. 미치도록 행복해지고 싶은 오늘 같은 밤, 나는 그와의 철학적 데이트를 즐긴다.

러셀은 친밀한 관계를 맺고 싶어 하는 성공한 한 남자의 이야기를 들려준다. 서로 친절을 주고받는 상대는 많이 있지만 소중한 친구는 한 명도 없는 그를 통해 '행복이 당신 곁을 떠난 이유'를 이야기한다.

그 남자는 책을 읽지 않는다. 자신의 이름을 알리고자 화랑을 세우려고 할 때마저 그림을 고르는 일은 전문가에게 맡긴다. 그가 그림 때문에 얻는 즐거움을 그림을 감상하는 데서 오는 즐거움이 아니라, 돈 많은 다른 사람이 그 그림을 소유할 수 없게 된 사실에서 오는 즐거움이다.

예술을 즐기는 것이 아니라 소유하려고만 하는 이들은 여가 시간이 있어도 무엇을 해야 할지 몰라 일에만 매달리거나 쉽게 권태의 먹이가 된다. 돈을 벌 줄만 알지 제대로 쓸 줄 모르는 바보가 되어버리는 것이다.

막상 머리터지는 경쟁에 치이고 업무에 시달릴 때는 권태를 누릴 시간도 없다. 그러나 문제는 일이 없는 주말이나 휴일에 여가를 즐길 체력조차 남지 않아 무기력해질 때다. 이렇게 열심히 살아서 뭐하나 싶어지는 순간, 우리는 허무의 늪에 빠진다. '왜 사는가'라는 질문에서 도망가고만 싶다. 현명한 러셀은 자극이 지나치게 많은 삶은 밑 빠진 독이나 다름없다고 위로해준다. 자극만 계속되다 보면 "사람들은 환희에 가까운 감격이야말로 즐거움의 필수요소라고 여기기 때문에, 끊임없이 감격을 느끼기 위해서 점점 더 강력한 자극을 찾을 수밖에 없다."

어제 나는 분명 수많은 사람들의 갈채를 받으며 진행했던 일을 성공리에 마쳤다. 하지만 이 밤, 나는 혼자다. 가족들은 저마다의 걱정거리를 안고 잠들어 있고 애인도 나의 성공에 시기라도 하듯이 자신의 일을 하기 바쁘다. 지난 주말엔 계절에 맞게 산뜻한 원피스도 사고 그 옷에 맞는 구두도 샀지만 한 번 입고 나갔다 왔더니 벌써부터 질린 것 같다. 새 프로젝트가 시작되기 전에 새로운 아이템부터 장만해야 할 것 같다.

자극이 너무 적으면 병적인 갈망을 자아내고, 너무 많으면 웬만한 자극에는 무감각해진다. 그러므로 우리는 어느 정도 권태를 견딜 수 있는 힘을 길러야 한다.

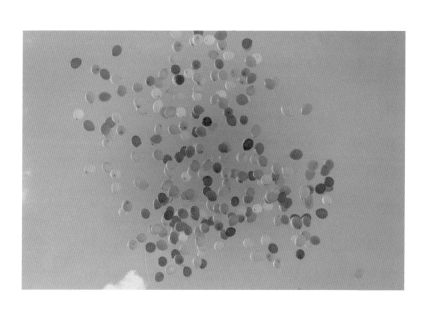

"훌륭한 책들은 모두 지루한 부분이 있고, 위대한 삶에도 재미없는 시기는 있을 것이다."

홀륭한 책들은 모두 지루한 부분이 있고, 위대한 삶에도 재미없는 시기는 있을 것이다. 많은 자극이 있었던 낮이 있었고, 지금처럼 조용한 밤도 있으니 나와 세계, 그리고 행복과 불행에 대해 생각하며 원기를 회복할 수 있는 게 아닐까.

행동하는 양심이었던 러셀에 따르면 '행복한 인생이란 대부분 조용한 인생'이다. 또 사람을 상하게 하는 것은 과로가 아니라, 걱정이나 불안이라고 한다. 권태조차 느끼지 못하고 사는 사람이라면 러셀의 목소리에 귀 기울여보자. 우선, 자신에 대한 집착부터 내려놓는다. 세상 사람들은 나만큼 나한테 관심이 없다. 일과 관련 없는 분야에도 열정과 관심을 가져보자. "우연히 손에 넣은 물건에 대해서 지대한 관심을 가지는 사람의 인생은 결코 지루하지 않다." 그러기 위해선 체념할 줄도 알아야 한다. 이 시간에 고민해봤자 소용없는 일들은 적어놓고 잊어버리기로 했다.

깊은 밤중의 광기를 잠재워주는 최고의 행복전도사 러셀을 통해 아무 일도 일어나지 않은 오늘을 감사하게 된다. 아니, 어쩌면 아무 일도 일어나지 않은 것이 아니라 일상의 미세한 움직임을 눈치채지 못할 만큼 내가 무디어진 것은 아닐까. "시인의 재능이란 자두처럼 하찮은 것에라도 감동할 줄 아는 것이다"라는 앙드레 지드의 말처럼 내일은 하찮아 보이는 사물 하나도 예사롭게 보지 않으리라 다짐한다. 행복은 정복할 만큼 가치 있는 것임이 분명하다.

📖 더 행복해지기 위한 러셀의 행복학

➼ 사랑에 대한 지나친 조심이야말로 행복에 치명적인 걸림돌이다. 한 번쯤 나를 바쳐
  사랑해보자.

➼ 부자들 중에서도 영리한 사람들은 가난한 사람들처럼 열심히 일한다. 돈만을 위해
  일하는 것은 슬픈 일이지만 자부심을 가지고 일하는 사람은 덜 불행하다.

➼ 책 읽기를 좋아하는 사람이라면 자신의 전문적 활동과 관련이 없는 책을 읽는 것이
  바람직하다. 아무리 중요한 일이 있다고 해도, 깨어 있는 동안 줄곧 그것만 생각하고
  있어서는 안 된다.

➼ 불행을 제대로 극복하기 위해서는 행복할 때 폭넓은 관심사를 기르는 것이 현명하다.
  음주와 마약이 아닌 다양한 취미 활동을 통해 기분을 전환해보자.

➼ 일을 할 때 필요한 태도는 최선을 다하면서도 그 결과는 운명에 맡기는 태도다. 정복할
  수 없는 희망에 근원을 둔 체념은 유익하다.

에필로그

별것 아닌 나와의 화해

그동안 많은 글을 써 왔다. 대학입시 때는 알 수 없는 논설문을, 대학시절에는 각종 자기소개서와 논문같지 않은 논문을, 편집자로 일할 때는 기획서, 보도자료를 비롯해서 저자 제안 메일, 청탁 거절 메일, 병가 메일 등 짧고 긴 메일을 매일 써 왔다. 개인블로그를 10년 넘게 운영하며 비공개를 포함해 4천여 개의 포스팅을 썼고, 트위터에는 140자 트윗을 8,096개 남겼다. 몰스킨을 비롯해 필드 노트, 예뻐서 산 각종 노트, 아이폰 노트, 에버노트에 남긴 일기도 셀 수 없이 많다.

이 책《책장의 위로》에 담긴 글들은 내 주변에 항상 있는 공기나 커피와 같은 책들에 관해 밤마다 써 내려갔던 독서일기다. 인생에 한 번밖에 없는 '첫 책'이었고 소설, 에세이, 시, 인문서 장르를 가리지 않고 골고

루 넣으려고 노력한 세상에 단 하나뿐인 독서 처방전이기도 하다. 7년 전 책을 다시 고쳐 내며, 현재의 '내'가 과거의 '나'를 만나는 기쁨을 누렸다.

어머니 세대들이 '남는 것은 사진뿐'이라며 필름카메라를 어디 놀러 갈때마다 들고 다녔듯이 나는 '남는 것은 책과 노트뿐'이라는 생각에 항상 읽고 메모했다. 그래서 기억나지 않는 많은 과거가 정돈된 글 속에 담겨 있다. 잊고 싶은 기억도 글 속에선 언제나 반짝반짝 빛이 난다. 내 좁은 방 벽에 임시로 꾸며놓았던 작지만 세상에서 가장 소중한 나의 책장은 이제 사라졌다. 하지만 도서관 서기는 물론이고 대형 서점의 매대, 출판사에 가득 있던 구간과 신간 꾸러미는 나에게 수많은 '나'를 발견하게 해주는 매개체였다.

갈수록 책보다 즐길 거리가 많아졌지만, 책이 내게 주는 기쁨처럼 잔잔하고 편안하고 지속적인 것은 아직 찾지 못했다. 책만큼이나 좋아했던 가방, 신발, 옷들은 잊히고 새로운 것들에 의해 제자리를 잃었다. 책은 이제 한국어책, 영어책, 종이책, 전자책 가리지 않고 모두 읽고 있지만 좋은 것은 여전히 좋아서 계속 읽는다. 계속 읽다 보면 분명해 보이던 것도 다르게 보이고, 모르던 것은 의문점이 남아 다른 책을 찾아 읽게 된다. 영원히 심심할 틈이 없게 만드는 것이다. 그게 나와 책의 운명이라고 생각한다. 세계 어딜 가도 내 '책장'은 반드시 있다.

제일 처음 말했듯이 직업상 나는 남들보다 많은 글들을 써왔다. 많은 글을 '책에 기대어' 쓰다 보니, 지나치게 다른 작가들에게 의존적이라는 생각이 들었다. 이제는 조금 다르게 나만의 이야기를 써보려고 한다. 알을 깨고 나올 시기는 진작에 지났는데 용기가 없거나 아니면 게을러서 때를 정하지 못했던 것 같다. 아마도 이 책이 나의 마지막 독서일기장이 될 테니, 작년에 읽은 것 중 '최고의 책'이라고 떠들고 다니는 《단편적인 것의 사회학》(기시 마사히코 지음)에서 발견한 '최고의 생각'을 대놓고 적어보겠다.

> '무엇과도 바꿀 수 없는 나 자신' 같은 듣기 좋은 말을 들었을
> 때 반사적으로 혐오감을 느낀다. 왜 그러냐 하면, 원래 자기
> 자신이라는 것이 참으로 별 볼일 없고, 대단치 않고, 아무 특
> 별한 가치가 없다는 것을, 이미 지나간 인생 속에서 진절머리
> 날 만큼 깨달았기 때문일지도 모른다.'
> ― 기시 마사히코, 〈단편적인 것의 사회학〉, 김경원 옮김(이마,
>   2016), 187쪽

탁! 하고 무릎을 쳤다. 그렇다. 지금까지 내 글쓰기 인생은 '아무런 특별한 가치가 없는 자기 자신'과의 싸움이었던 것이다. 그래서 멋들어진 문장에 혹했고, 파란만장한 소설 인물들과 작가들의 삶에 나를 대입해서 대리만족해왔다. 책장 앞에서 한없이 방황해도 책들은 나의 별 볼

일 없는 투정을 모두 받아주었다. 때론 남을 미워하고, 남 모르게 나 자신의 매력에 빠지고, 멍청한 생각들을 풀어놓으며 지질한 일상과 싸울 수 있었다.

작가가 되고자 하지 않았다면, 나는 작가가 되지 못했을 것이다. 사회학자는 아무것도 되지 못하고 단지 시간만 흘러가는 것이 인생의 허무라고 말하지만, 책이 있었기에 허무보단 보람과 가까운 인생이었다. 이 책에는 인터넷창과 모바일웹에는, 트위터나 인스타그램에서는 좀처럼 보이지 않는 '애정 결핍'과 '무능력' 이 넘쳐난다. 그럼에도 부끄럼 없이 세상에 다시 내놓는 이유는, 가만히 있는 나 자신은 시시힐지 몰라도, 책을 읽는 나는 결코 시시하지 않기 때문이다.

책장의 위로

초판 1쇄 인쇄 2018년 2월 10일
초판 1쇄 발행 2018년 2월 15일

지은이   조안나
펴낸이   임현석
펴낸곳   지금이책
주소   경기도 고양시 일산서구 킨텍스로 410
전화   070. 8229. 3755
팩스   0303. 3130. 3753
이메일   now_book@naver.com
홈페이지   nowbook.modoo.at
등록   제2015-000174호

ISBN 979-11-88554-08-9 03800

「이 도서의 국립중앙도서관 출판예정도서목록(CIP)은 서지정보유통지원시스템
홈페이지(http://seoji.nl.go.kr)와 국가자료공동목록시스템(http://www.nl.go.kr/
kolisnet)에서 이용하실 수 있습니다.(CIP제어번호: CIP2018002473)」